クールな脳外科医の溺愛は、懐妊してからなおさら甘くて止まりません

m a r m a l a d e b u n k o

有允ひろみ

マーマレード文庫

目次

クールな脳外科医の溺愛は、懐妊してからなおさら甘くて止まりません

クールな脳外科医の溺愛は、
懐妊してからなおさら甘くて止まりません

第一章　ドキドキの新婚生活

庭に植えられたモミジに、赤い花が咲き始めた。まるで線香花火のように地味で目立たないが、なぜかとても心惹かれる可愛らしさがある。

自宅のキッチンから見える庭を眺めながら、岩沢美優は自分の頬を思い切りつねった。

「痛っ……やっぱり、夢じゃない」

ジンジンと痛む頬を掌でさすりながら、美優は壁の掛け時計で時間を確認する。

四月も中旬に差しかかった月曜日の朝。時刻は午前七時五分前。

もうじき夫の壮一郎が起きてくるはずだ。

（私、本当に壮一郎さんと結婚したんだ……。あんなに素敵な旦那様の妻になるなんて、私って世界一の……ううん、宇宙一の幸せ者だなぁ）

しみじみとそう思いながら、ニコニコと笑う。

美優は、ほんのひと月前に「岩沢総合病院」の脳神経外科医である岩沢壮一郎と結婚した。彼は二十四歳の美優よりも八歳年上の三十二歳。

頭脳明晰にして容姿端麗。

真面目で温厚な性格で、ゆくゆくは父親の後を継いで病院長になるハイスペックなエリートドクターだ。

それに対して、美優は「岩沢総合病院」の院内保育園の保育士をしており、容姿も頭のよさもごく普通。そんな美優が壮一郎と出会い結婚に至ったのは、父方の祖父が同病院に入院した時に彼が主治医になったのがきっかけだった。

院内保育園に勤務していたから、壮一郎の事は前々から知っていたし、実のところもう何年も前から密かに憧れ続けていた。

けれど、まさか彼と結婚できるなんて想像もしなかったし、今でも朝起きるたびに夢ではないかと思うほどだ。

そんな理由もあり、美優は毎日朝食を作りながら自分の頬をつねり、これが現実である事を確認する。もはやルーチンと化している確認作業だが、今日はいささか強くつねりすぎた。

だが、痛みなどまったく気にならないほど幸せだし、日々感謝する事だらけだ。

(今日も、いい一日になりそうだな)

すでに朝食の準備はできており、あとは味噌汁を温めるだけになっている。

今朝のメニューは焼きジャケに菜の花の玉子焼き。春キャベツの味噌汁にレンコンのきんぴら。

それに納豆と味のりを添えて、テーブルの上に並べる。

「おはよう、美優」

ほどなくして、壮一郎がキッチンに顔を出した。彼はすでに出勤の準備を済ませており、白いポロシャツとライトグレーのスラックスがビシッと決まっている。

（うわぁ、今日も素敵……。もう、今すぐに叫び出したいくらいかっこいいっ）

きりりとした眉に涼しげな目元。鼻筋はまっすぐで、唇の形すら完璧で文句のつけようがない。

一方、美優は小顔ではあるが顔のパーツがこぢんまりとしすぎている。どことなく土産物売り場に並んでいるこけしを思わせる顔は庶民的で、お年寄りと子供にはすこぶる受けがよかった。

「おはようございます、壮一郎さん。今、お茶を淹れますね」

「ありがとう」

壮一郎がにっこりと微笑み、朝食の席に着いた。

「岩沢総合病院」は今から六十年ほど前に開院し、以来頼れる地域医療の柱として近隣の人々に親しまれている。

　診療は午前九時から始まり、昼休みを挟んで午後一時半から午後五時まで外来を受け付けている。休診日は土曜日の午後と日曜祝日、年末年始。病床数は三百弱で、救急医療に関しては三百六十五日二十四時間体制で対応が可能だ。

「おまたせしました。熱いから気を付けてくださいね」

　日本茶を入れた湯飲みをテーブルの上に置き、美優はテーブルを挟んで壮一郎の前の席に座った。

「美優、左頬が赤くなってるけど、どうした？」

　腰を下ろすなり頬の赤みを指摘され、美優は咄嗟に左頬を掌で覆った。

「こ、これは、さっき思い切り頬をつねったから……」

「頬をつねった？　自分でつねったのか。なんでまたそんな事をしたんだ？」

「えっと……今が夢じゃないって事を確認するためにつねりました」

「夢じゃない、とは？」

　不思議そうな顔をされ、美優はためらいつつも理由を説明した。

「私、毎朝起きるたびに、今が現実かどうかわからなくなるんです。だから、頬をつねって自分が本当にここにいて、夫婦として壮一郎さんと暮らしてるんだって事を確かめるのが習慣になっていて……」

話しながら壮一郎を見ると、彼は若干ポカンとした表情を浮かべている。考えてみれば、夢だの頬をつねるだのと、医師の妻にしては言動が子供っぽすぎる。

美優は急に恥ずかしくなり、頬から手を放してかしこまった。

実際、美優は実年齢よりもかなり幼く見えるし、寸胴でお世辞にも女性らしい身体つきをしているとは言えなかった。

「すみません。幼稚な事をしてしまって――」

「謝るのは僕のほうだ。結婚してひと月も経つのに、美優が毎朝そんなふうに思っていたなんて知らなかった。僕とした事が、気が付かなくてすまなかった」

壮一郎に謝られ、美優はあわてて首を横に振った。

「いえ、私が勝手にそう思っているだけで、壮一郎さんは何も悪くないです」

「いや、新婚早々妻にそう思わせている僕にも責任はある。これは早急に解決策を考えないといけないな」

壮一郎が眉根を寄せて思案顔をする。その顔が思いのほかかっこよくて、心臓がドクリと跳ね上がった。イケメンを絵に描いたような彼は、いつだって優しくて気遣いがある。

これと言って取り柄のない妻をこれほどまでに気にかけてくれるなんて、できる事ならもう一度頬をつねりたいくらいだ。

「二人の結婚が現実だと実感してもらうためにも、もっと新婚夫婦らしい生活を送るべきだな」

早々に結論に辿り着いた様子の壮一郎が、そう言うなり席を立って美優のそばにきた。そして、目をパチクリさせている美優の顎を指で上向かせると、腰をかがめるようにして唇にキスをしてきた。

「んっ……ん――!?」

いきなりのキスに、美優は目を大きく見開いたまま固まってしまう。それからすぐに唇が離れ、壮一郎と正面から見つめ合った。

「これからは、毎朝キスをしよう。そうすれば、多少なりとも結婚してるんだっていう意識が高まるんじゃないかな?」

そう話す壮一郎の顔は真剣そのものだ。

美優は顔を真っ赤にしながらも、大きく頷いて彼に同意した。

「た、高まります……きっと、ものすごく高まると思います!」

出した声が、いささか大きすぎた。けれど、壮一郎は気にするふうでもなく、口元に笑みを浮かべた。

「そうか。じゃあ、これからはもっと気軽にキスをしよう。もちろん、朝だけに限らず、昼も夜も。二人きりであれば、時間に関係なくキスをすればいいね」

朝だけに限らず、二人きりであれば時間に関係なくキスをする……！

まさかの決定に、美優は心底驚いて絶句する。

（し、信じられない……）

縁あって夫婦になったとはいえ、二人は恋愛をして結婚したわけではなく、言わば成り行きで結婚したようなものだ。

そんな事もあり、壮一郎と暮らすようになってからも、夫婦らしいスキンシップは皆無。つまり、二人は未だプラトニックな関係であり、もしかするとこのままずっとそんな状態が続くかもしれないと思っていたくらいだ。

教会で結婚式を挙げた時にした誓いのキスですら、互いの唇の先が一瞬触れ合う程度のものでしかなかった。

けれど、今のキスは二人の唇がぴったりと重なり合っていたし、少なくとも三秒はくっついたままだったように思う。

「要は、お互いにそうしたいと思う時に、という事だ。それでいいかな？」

壮一郎が中腰になったまま、そう訊ねてくる。深い焦げ茶色の目に見つめられて、美優は口から心臓が飛び出そうになった。

「は、はいっ！　それでいいです」

「じゃあ、決まりだ。さあ、冷めないうちにいただこうか」

壮一郎が腰を上げて彼の席に戻った。そして、何事もなかったかのように「いただきます」と言って朝食を食べ始める。

美優も彼に続き、箸を持って焼きジャケを切り分けて口に入れた。しかし、驚きすぎて今も心臓はバクバクだし、息をするのもやっとだ。

（キス……されちゃった！　壮一郎さんにキスされちゃった～）

箸を持つ手が震えているのは、胸が感動で押し潰されそうになっているからだ。

恋愛結婚ではなかったけれど、美優はもうずっと前から壮一郎の事を知っており、かなり長い間彼に片想いをしていた。

夫婦にはなった今も両想いになったわけではないけれど、好きな人と一緒にいられるだけで十分幸せ――。

そう思っていたのに、結婚して一カ月が経過した今日という日に、壮一郎との甘い新婚生活がスタートしようとしている。

これも、きっと彼が律儀で心優しく、思いやりに溢れた人だからこそなのだろう。

美優は壮一郎の人情味のある性格に感謝しつつ、きゅうりの浅漬けに箸を伸ばした。

その顔が、ありえないほどにやけている。

それに気づいたのか、壮一郎が美優を見てふっと笑った。その笑顔を見るだけで、昇天してしまいそうになる。

とにもかくにも二人の距離が縮まったのは確かだし、これから好きな時に壮一郎とキスができるのだ。

美優は喜びに心を震わせながら、レンコンのきんぴらを噛みしめるのだった。


美優が勤務する「エルフィこども園」は「岩沢総合病院」と同じ敷地内の西側にあり、本館とは屋根付きの渡り廊下で繋がっている。

保育対象は生後二カ月から就学前まで。開園時間は月曜日から土曜日の午前八時から午後六時までで、休園日は日曜祝日と年末年始。

利用できるのは「岩沢総合病院」に勤務する者のみで、現在は十九名の園児が在籍している。保育士の数はパートを含めて、ぜんぶで七名。

皆パンツスタイルで園の制服であるクリーム色の胸当てエプロンを着ける事になっ

ていた。

午前八時になり、園児がそれぞれの親に連れられて登園してきた。

親子と視線を交わしながら朝の挨拶をしたあと、着替えやおむつの受け渡しをする。

園に慣れた幼児は自分から親に「バイバイ！」と手を振るが、入園したばかりの子供は往々にしてべそをかく。

我が子が泣くと親はうしろ髪を引かれるし、それを察知した子供はさらに激しく泣いて親に向かって力いっぱい手を伸ばす。

月曜日は特に離れがたい様子で、受け渡し場で渋滞が起こりやすい。

美優は現在前年度からの持ち上がりで二歳児を担当しており、この春から新しく一人園児が増えた。

送迎をしているのは佐藤という内科医の男性で、子供は遥奈という名前の女の子だ。母親は別の病院に勤務する看護師で、現在は二人目を里帰り出産するために東北地方にある自身の実家に帰省中だと聞いている。

「遥奈ちゃん、おはよう。今日は可愛いリボン着けてるね。パパに『いってらっしゃい』をしたあとで、美優先生に見せてくれる？」

佐藤から遥奈を引き渡されたあと、美優は子供と同じ目の高さになってそう訊ねた。

「イヤ！　遥奈も行く！」

抱き寄せる美優の腕の中で、遥奈がジタバタと暴れ出した。二歳児とはいえ思いのほか力が強く、油断すると小さなげんこつが鼻を直撃する。

「うんうん、一緒に行きたいよね。だけど、パパはこれからお仕事だもんね。終わるまで美優先生とここで遊んで待ってようよ」

「イヤ！」

「そっか、やっぱりパパと離れるのイヤだよね。でもね、今日は新しい絵本があるの。しかも遥奈ちゃんの好きなウサギさんが、たくさん出てくる絵本だよ～！」

美優は片手でピースサインを作り、指をぴょこぴょこと動かして見せた。興味を引かれた様子の遥奈が、美優の腕の中で大人しくなる。

「佐藤先生、大丈夫ですよ。お預かりしますね」

美優は声を出さずに表情とジェスチャーで、彼にそう伝えた。まだ名残り惜しそうにしていた佐藤だが、ぺこりと頭を下げたあと思い切ったように背を向けて歩き出した。

新年度を迎えたばかりの今、園内の壁には折り紙で作った桜の花がたくさん飾られている。

「魔の二歳児」とはよく言ったもので、自我が発達すると同時にできる事が増えてくるこの年の子供は自己主張が強くなる。俗に言う「イヤイヤ期」は、大人になる過程で大切な時期だ。

美優は保育士として個々の成長を見守りつつ、周りとの関わり方を学び社会性を身につけてもらえるよう日々努力し続けている。

（遥奈ちゃん、絵本を気に入ってくれてよかった！）

その日の仕事を終え、美優は帰り支度を済ませて職場から徒歩十五分の距離にある自宅に向かって歩き出した。急いでいたり買い物があったりする時は自転車を使うが、普段は健康のために歩いて通勤している。

途中にある公園の横を通ると、遅咲きの桜がだいぶ散り始めていた。夕方になって少し強くなってきた風が、小さな花びらを空高く舞い上げている。日没が迫ってだいぶ暗くなってきた道を急ぎ、自宅に到着した。

美優が今住んでいるのは、壮一郎が結婚する数年前に彼の祖父から譲り受けた純和風住宅だ。建物には国産木材が使われており、間取りは７ＬＤＫ。一階のダイニングを兼ねたリビングは吹き抜けになっており、二階にある三部屋はすべてフローリングの洋間だ。

家を囲むように広がる庭には様々な植物が植えられており、ほぼ一年中何らかの花が咲いていると聞かされていた。

「ただいま」

ドアを開けると同時に灯りが点き、ゆったりとした玄関ホールが明るくなる。

廊下を通り抜けて洗面所で手洗いを済ませると、美優は早々にキッチンに向かって夕食の準備に取りかかった。

兼ねてから予定されていた手術があり、壮一郎の帰宅は午後十時くらいになる予定だ。医師という職業柄、彼の帰宅時間はまちまちで当直などで家を空ける事も少なくない。

けれど、壮一郎は美優の手料理を気に入ってくれているようで、仕事がない時は、ほぼ毎日自宅で夕食をともにしてくれる。アイランド型のキッチンは十分な広さがあり、とても使い勝手がいい。

調理台の上に食材を載せ終わると、美優は手際よく野菜の皮を剝いて適当な大きさに切り始める。

壮一郎が遅く帰る日は、食べてもあまり胃腸に負担がかからないメニューを考えるようにしている。特に今日は疲れて帰って来るだろうから、簡単に食べられる卵としらすの雑炊をメインディッシュにすると決めた。

(これでよし、と。それじゃ、先にお風呂に入っちゃおうかな)

夕食の準備を終えると、美優はエプロンを外してバスルームに向かった。洗面台の前に立ち、ひとつ括りにしていた髪を解いてブラッシングをする。

何の変哲もない前髪アリのストレートロングヘアに、ファンデーションとリップクリームのみのナチュラルメイク。やや下膨れの顔は童顔で、服装によっては未だに学生と間違えられる。

背丈は平均値のど真ん中だが、年頃の女性にしては身体に凹凸が足りないし、色気など欠片ほども感じられない。はっきり言って、子供っぽい。

これまでに何度となく自問してきたが、壮一郎はいったいどこがよくて自分との結婚を決めたのだろうか?

美優は首をひねりながら服を脱ぎ、バスルームのドアを開ける。総ヒノキ造りの浴槽の横に座り、かけ湯をしたあとでお湯の中に入った。すぐ横の窓から見える坪庭には、モミジとサツキが植えられている。

「あ〜、いいお湯。香りも景色も最高だし、まるで高級旅館にいるみたい」

美優は浴槽の縁に背中を預け、湯の中で思い切り手足を伸ばした。目を閉じてゆっくりと深呼吸をすると、ヒノキの芳香が胸いっぱいに広がる。

壮一郎という最高の伴侶に、住み心地抜群の豪邸。

美優は無意識に自分の頬をつねり、ふにゃりと表情を緩ませる。

（本当に夢みたい……。だけど夢じゃないんだよね）

交際が決まってひと月後に贈られたプロポーズの言葉は、王道の「僕と結婚してください」。

美優は即座に「喜んで」と返事をして、あれよあれよという間に式を挙げ彼と夫婦になった。これは紛れもない玉の輿であり、壮一郎の妻になれたのは天からの贈り物だとしか言いようがない。

その間、僅か三カ月。

壮一郎曰く、美優の事は「エルフィこども園」で働き始めた当初から顔だけは知っていたらしく、子供がいる同僚から何度か話を聞いた事もあったようだ。

「エルフィこども園」は美優が短大を卒業後にはじめて得た職場であり、駆け出しの頃の美優はヘマばかりしていた。

話を聞くにしてもいい内容だったとは思えないし、考えれば考えるほど自分がなぜ壮一郎に選ばれたのか謎は深まるばかりだ。

（だって、壮一郎さんなら大金持ちのお嬢さまとだって結婚できたはずだもの。それなのに、どうして私を……）

去年の年末に祖父の泰三（たいぞう）がくも膜下出血で「岩沢総合病院」に入院し、壮一郎が主治医になった。彼は若くして名医と謳われるほど優秀な脳外科医で、泰三に対して行った開頭による脳動脈瘤クリッピング手術は無事成功し、後遺症もなかった。

泰三は大いに喜び、何を思ったのかわざわざ主治医が来る時間に美優を呼び寄せて彼に孫娘を紹介した。そして、あろう事か美優との結婚話を持ち出したのだ。

『先生、うちの孫娘をもらってやってくれませんか？』

泰三の仰天発言に腰を抜かしそうになった美優だが、当の壮一郎は意外にも二つ返事でそれを了承した。

『喜んでそうさせていただきます。美優さん、僕と結婚を前提にお付き合いしてくれませんか？』

壮一郎にそう言われた時、美優は頭の中が真っ白になって、その場にへたり込んだ。すぐに彼に助け起こしてもらったものの、生まれたての小鹿のように足が震えて立っているのがやっとだった。

（うちのおじいちゃんが頼んでくれたおかげかな？　でも、大会社の社長でもないし、何か、のっぴきならない事情でもあったのだろうか？　そうでなければ、壮一郎ほどの人が自分を選ぶはずがないのだが……。

そう思うのは美優だけではない。両親もそうであり、母親は壮一郎が実家に挨拶に来てくれた時に、ストレートにこう聞いたものだ。

『どうして、あなたほどの人が、うちの美優を選んだんですか？』

そう聞かれて、彼は微笑んでこう答えた。

『一目惚れです。美優さんをはじめて見た時から気になっていましたし、連日泰三さんのお見舞いに来て、献身的にお世話をしている姿を見てさらに惹かれました』

まさかの発言に、母親のみならず、その場にいた者は全員がポカンとして言葉を失くした。

けれど、彼は冗談だと笑い飛ばす事もなく、皆一応はそれで納得せざるを得なかったのだが……。

同じ敷地内に勤務していたとはいえ、二人がまともに顔を合わせたのは泰三の病室だったし、泰三から突然孫娘をもらってくれと言われた時の壮一郎は明らかに困惑していた。

（結婚するまでに三カ月しかなかったし、あわただしくてつい聞きそびれてたけど、一度はっきり理由を聞いたほうがいいのかな。でも、聞くのがものすごく怖い気がする……）

せっかくこれ以上ないほどの良縁に恵まれたのだから、変に探りを入れたりせずに今の幸せを甘受するだけでいいのでは？

そう思ったりするが、そんな胸に特大サイズのモヤモヤを抱えたまま暮らすのもどうかと思う。それに、聞いたせいで壮一郎さんとの仲がギクシャクしないとも限らないではないか。

気になるけれど、余計な波風は立てたくない。それでも、このままではいられるはずもなく……。

湯船の中であれこれと考えるうちに、バスルームに立ち込めている湯気が頭の中にまで広がり始めた。少し長湯をしすぎたかもしれない。

そう思った美優は、浴槽から出てふらふらとバスルームの入口に向かって歩き始めた――。

「美優……美優、大丈夫か？」

優しい声に呼びかけられて、美優は辺りを見回した。けれど、なぜか暗くて何も見えない。キョロキョロと目を動かしてみてわかったのだが、どうやら見えないのは目蓋を閉じているせいみたいだ。

「美優」

今度の声は、さっきよりもはっきりと聞こえる。

もしかして、これは夢なのだろうか？

美優は、むにゃむにゃと呟きながらゆっくりと瞬きをしてみた。

「美優、気が付いたか？　ああ、よかった……」

声の主がわかると同時に、ぼんやりとしていた視界がだんだんとクリアになる。

上から見下ろしてきているのは、間違いなくこの世で一番大切で大好きな夫の顔だ。

「あ……壮一郎さん……」

「そうだ、僕だよ。いったいどうしたんだ？　気分でも悪くなったのか？」

落ち着いた声で訊ねられ、美優は自分がついさっきまで風呂に入っていた事を思い出した。けれど、今いるのはバスルームではなく自室のベッドの上だ。

「あれっ？　私、どうしてここに？」

咄嗟に起き上がろうとするも、壮一郎の手にやんわりと押し留められる。

「僕が帰宅した時、君は洗面台の前で倒れてたんだ。たぶん、のぼせたんだと思うが、気分はどう？　少し水を飲んだほうがいい」

ああ、そうだった——。

美優は、風呂に入りながら考え事をしていた事を思い出した。壮一郎の手を借りてベッドから上体を起こし、彼に支えられたまま口元に近づいてきたコップから水をひと口飲む。

「気分は悪くないです。すみません……私、考え事をしてて……」

壮一郎の手が美優の頬を包み、額にそっと唇を押し付けてきた。

「ふむ……もう少し冷やしたほうがいいな。ちょっと待ってて」

美優をベッドの上に戻すと、壮一郎がベッドから離れ、濡れタオルを載せたトレイを持って部屋の外に出て行く。

その背中を見送っていた美優は、ベッドの中で手足を思い切り伸ばしながら、ゆっくりと深呼吸をした。微かに聞こえてきた衣擦れの音を聞いて、まだいくぶん霞みがかっていた頭の中が一瞬で覚醒する。

「えっ……ちょっと待って」

美優は身体を覆っていたブランケットを蹴り飛ばす勢いで、上体を起こした。

倒れる前は入浴中だったのだから、当然美優は素っ裸だったはずだ。それなのに、なぜかパジャマを着ているし、下着まで着けている。

(な、なんで!?)

脳味噌が今の状況を把握しようとして、フル回転する。

バスルームでのぼせている美優を、ここまで運んでくれたのは壮一郎だ。つまり、彼は裸で倒れている妻を抱き起こし、濡れた身体を拭いて下着とパジャマを着せてベッドに寝かせてくれたわけで……。

(うわぁ……壮一郎さんに裸を見られちゃった! しかも、のぼせて濡れたままの状態で、お世話してもらって……あ、あ、ありえない~)

日常的にキスをすると決めたものの、結婚しても未だプラトニックな関係の二人だ。当然、それ以上の事はしていないし、初夜と呼べる夜も迎えていない。

別に話し合った上でそうしているわけではなく、結婚と同じで成り行きでそうなったと言うか、何と言うか……。

結婚式や引っ越しのあわただしさに加えて、壮一郎が新婚早々夜勤続きだった事もあり、夫婦の寝室は同じ二階でも別々の部屋になっている。

それやこれやで、未だ二人のスキンシップはキスやハグ止まり。当然、裸を見られたのは今回がはじめてだった。

（ぜったい呆れられた……。もしかして、嫌われちゃったかも……）

いや、そうに違いない。

美優は絶望的な気分になり、ブランケットを頭から被るとベッドの上で声にならない叫び声を上げるのだった。

美優が風呂でのぼせた次の日、壮一郎はいつもより早く起きて寝室の中をうろついていた。

（もう限界だ……。だが、どうやって切り出す？　露骨に言えば美優を驚かせてしまいかねないし、そのせいで嫌われたら元も子もない）

昨夜、図らずも美優の全裸姿を目の当たりにして、兼ねてから無理矢理抑え続けていた性的な欲求が爆発しそうになった。

むろん、持てる理性を総動員して医師として適切な行動を取り、冷静さを保ったのは言うまでもない。

ぐったりとして動かない美優は、どうやらのぼせて気を失った様子だった。

診たところ、目は閉じたままだが呼びかけに反応するし、命には別条はないと判断した。

そうとわかった時は、どれほど安堵したか！

しかし、抱き寄せた腕の中にいる美優の姿はしどけなく、清らかでありながら匂い立つような色香を放っていた。

それからすぐに美優を彼女の寝室に運び、濡れた身体を拭いて慎重かつ丁寧に下着とパジャマを着せて様子を見た。幸いそれからすぐに意識を取り戻し、新しく冷たいタオルを持ってきた時にはもうすやすやと寝息を立てていたのだ。

(僕ともあろう者が、あともう少しで寝ている美優を襲いそうになるとは！　夫としても医者としても、あってはならない事だ！)

下着やパジャマを着せながら、何度誘惑に負けて美優の身体に唇を寄せそうになった事か……。

そのたびに唇を噛みしめて自分を律し、思いつく限りの数式や元素記号で頭の中をいっぱいにして何とか理性を保ち続けたのだ。

しかし、目覚めた美優がトロンとした目つきで視線を投げかけてきた時、とうとう脚の間に宿る熱が破裂しそうになってしまった。

新しく濡れタオルを持ってくるなどと理由をつけて部屋を出たのは、あれ以上美優のそばにいたら自分が何をするかわからなかったからだ。

今だって美優を腕に抱き締めて思う存分キスをしたあとで、夫婦間で当然あるべき生殖行為をしたいと強く望んでいる。

(美優……好きだ……。僕は君が好きで好きでたまらない。病院から「エルフィこども園」に続く渡り廊下で君とすれ違った時、僕の心臓がどんなに強く跳ねたか、今ではっきりと覚えているくらいだ)

美優の事は近くではないにしろ、以前から何度か見かけていた。「エルフィこども園」に子供を預けている同僚から彼女の話は聞いていたし、面白い女性だと思ったりしていた。

『今日、沢田美優っていう保育士さんが散歩の途中で溝にはまって大騒ぎだったたらしいよ。でも、それは急に走り出したうちの子を助けるためだったみたいなんだ』

『昨日、うちの子が美優先生と猫の絵を描いたらしいんだけど、どう見てもクマにしか見えないの。だけど、美優先生っていつだって一生懸命なのよ』

我が身を顧みず子供を守り、いつでも真摯に向き合う姿勢は好感が持てる。話してくれる同僚達は、皆美優に親しみを持ち、信頼している様子だった。

人柄がよく、医師からの信頼も厚い保育士の沢田美優――。

はじめこそ同じ敷地内で働いている人として認識しているだけだったが、話を聞くうちに、直接知らないながらもいい人なんだなと思い始めていた。

気が付けば見かけた時に目で追うようになっており、たまたま用があって渡り廊下を歩いている時に偶然鉢合わせてはじめて面と向かって挨拶をして……。

『お疲れ様です』

あの日美優は、壮一郎に向かってそう言いながら丁寧に頭を下げてくれた。その様子には媚びやへつらいなど一切なかったし、顔を上げた時の笑顔の眩しさに一瞬で心臓を射抜かれてしまった。

医師という職業のせいか、壮一郎は昔から女性に好意を寄せられる事が多い。

しかし、彼女達のほとんどは壮一郎のスペックに重きを置いているのが明らかで、まるで獲物を狙うハンターのような視線を投げかけてくるのが常だ。

壮一郎は、もともと肉食系の女性には興味がないし、美貌やスタイルのよさをアピールしてくる人は好みではない。

猫を被って駆け引きを仕掛けられるのにもウンザリだし、既成事実を作ろうと躍起になる女性を見ると寒気がする。

そうかと言って結婚前提の見合いなどする気にはなれず、美優を知る前はもはや一生独身を通すしかないと覚悟を決めていたくらいだ。

(時間はかかったが、今思えば、あれはまさしく一目惚れだったな)

美優を心に留めてからというもの、壮一郎は密かに彼女を想い続け、どうにかして親しくなれないかと思い悩んでいた。

だからこそ、美優の祖父である泰三の担当医になると決まった時は心底驚いたし、天が二人を引き合わせようとしてくれているのかと思ったりしていた。

入院中、泰三を見舞う美優を見てさらに恋心が募り、女性に対してはじめて本気の恋愛感情を持ったと自覚するに至った。

退院数日前に「うちの孫娘をもらってやってくれませんか」と言われた時には美優の祖父である泰三が愛のキューピッドに見えたほどだ。

付き合ってみると、美優は思っていた以上に性格がよく、純粋な女性だった。

こちらのスペックよりも壮一郎個人と向き合ってくれたし、恥じらいつつも結婚に対する前向きな姿勢を見せてくれた。

「せっかくこうして夫婦になれたんだ。いつまでも寝室を別にしてキスとハグ止まりにはしておけない」

壮一郎は呟き、唇を一文字に結んだ。

美優と交際をスタートさせた一カ月後に彼女に結婚を打診して受け入れてもらった。その時の嬉しさといったら、医師免許を取得できた時の喜びを凌駕するほどだった。

それからすぐに二人して式場探しに取りかかり、幸運にも急遽空きが出た東京近郊に建つ由緒ある教会で永遠の愛を誓ったのだ。

まさにトントン拍子に事が運び、二人はめでたく夫婦になってともに暮らしている。

ただ、壮一郎はまだ一度も美優とベッドをともにした事がなかった。

別に避けているわけではなく、交際から結婚に至るまでが非常にあわただしく、夫婦の寝室を用意する間もなくここに越してきてもらったからだ。

そのため、美優は前から使っていた自分のベッドをそのまま用意した自室に運び込み、自然と夫婦は別々に寝る事になってしまった。

今思えば、呆れるほど考えなしだったし、同居する前に夫婦としての生活について、きちんと話し合うべきだったのだ。

（せっかく同じ屋根の下に暮らしているのに……。ましてや新婚ほやほやだぞ？）

美優はもともと子供好きのようだし、双方の家族と顔を合わせた時に「すぐにでも欲しいです」と言っていた。

壮一郎も美優との子供なら何人でも欲しいくらいだが、別々に寝ている事もあって、子作りに関してはかなりハードルが高い。

(こんな事なら、ベッドは別でも、せめて寝室は同じにすればよかったな)

夜遅く帰宅した時、美優を起こすのは忍びない——。

単純にそう思って別々の部屋を用意したのが間違いだった。

何度となく後悔してきたが、それも今日で終わりだ。ちょうど今夜は手術の予定もなく、自宅待機日でもない。

よほどの事がない限り夫婦の時間を邪魔されはしないだろう。

(今日こそ、美優に寝室を一緒にしないかと言おう。同じベッドで寝るようになれば、自然とそういった行為に移れるだろうし)

結婚するにあたり、二人一緒に「岩沢総合病院」の産婦人科を訪ねてブライダルチェックを済ませた。幸いいずれも何の問題もなく、身体的な準備は万端だ。

二人とも子供を望んでいるのだから、一日でも早く妊活をすべきなのは言うまでもなかった。

(だが、焦ってはいけない。何と言っても、美優ははじめてなんだから)

交際を始める時に聞かされていたが、美優はまだ誰とも性行為をしていないばかりか、恋人として誰かと付き合った経験もないらしい。

見るからに男慣れしていなさそうだとは思っていたが、実際にそうだった。

別に自分が彼女にとってはじめての男である必要はないと思っていた。

けれど、そうと知った時は嬉しく思うと同時にホッとしたのは確かだ。なにはともあれ、いつまでもプラトニックな関係のままではいられない。

むろん、いざその時が来たら美優を壊れやすいガラス細工のように扱い、間違っても辛い思いをさせてはならなかった。

(もちろん、そうするには愛情が必要だし、僕にはそれが十分ある)

勇気を出して朝食の前にキスをしたところ、美優は驚き恥じらいつつも受け入れてくれた。

子作りに関しても誠心誠意取り組めば、きっと満足して身体ばかりか心も開いてくれるようになるに違いない。

(夫婦にとって一生に一度しかない初夜だ。ぜったいに失敗はできないし、万全の準備をして取りかかるべきだ)

壮一郎はそう固く決心すると、緊張で表情を強張らせながら部屋を出て、美優が待っているであろうキッチンへと向かうのだった。

風呂場で大失敗をした次の日の夜、美優はその日の仕事を終えて自宅キッチンで晩ご飯作りに励んでいた。

今夜のメインメニューは、壮一郎のリクエストで鶏肉たっぷりの筑前煮だ。

はじめて彼に手料理を振る舞った時、美優は一番の得意料理である筑前煮をテーブルの上に並べた。壮一郎は大皿に盛ったそれがいたく気に入った様子で、美味しいと言ってご飯を三杯もおかわりしてくれたのだ。

(おばあちゃんから料理を習っておいてよかった。今度また新しいレシピを教えてもらおう)

炊飯器に豆ご飯を仕掛けたあと、鰆(さわら)の南蛮漬けに新じゃがとアスパラガスのバター炒めを用意する。

美優が作る料理は、すべて父方の祖母から教わったものだ。かつて調理師として給食センターに勤めていた祖母は、毎日家族のために料理を作ってくれていた。美優は幼い時からキッチンに立つ祖母の手伝いをしながら料理を学び、数多くのレシピを教えてもらった。

祖母に似たのか、美優も料理をするのが好きだし、食べてくれる人が美味しいと言ってくれるのが何よりも嬉しい。

優しく気配りのある夫である壮一郎は、時間がある時は家事を率先してやってくれる。だが、こと料理に関しては趣味と言ってもいいくらい好きだから全面的に任せてもらっていた。

（壮一郎さんったら、あんなに美味しそうに食べてくれるんだもの。あの顔を見るためなら、どんな料理でも作ってあげたくなっちゃうよね）

朝、水に浸けておいた干ししいたけと鶏肉を切り、準備した具材を順序よく鍋で炒めたあと、だし汁で煮込む。

手際よく調理を進めながらも、美優は昨夜から今朝にかけての出来事を頭の中で思い返してみる。

（とにかく、もう二度と昨日みたいな失敗はしないように気を付けなきゃ）

運び込まれたベッドで目を覚ましたあと、美優は恥ずかしさのあまり一度部屋を出た壮一郎が戻ってきた時に寝たふりを決め込んだ。

狸寝入りがバレないかとヒヤヒヤだったが、彼はまったく気づく様子もなく美優の頬にキスをして部屋をあとにした。

（寝たふりなんかして、ごめんなさい。だって、裸を見られたと思うと、恥ずかしくて仕方がなかったんだもの～！）

昨夜作った卵としらすの雑炊はあれから食べてくれたようで、今朝起きたら一人用の土鍋が空になっていた。

今朝はいつも通りに起きて、キッチンに顔を出した壮一郎と普段通りの挨拶を交わした。昨夜の出来事について何かしら言われるかとビクビクしていたが、体調はどうかと聞かれただけでいつも通り朝ご飯を食べてそれぞれに出勤した。

（壮一郎さんって優しいから、きっと、あえてスルーしてくれたんだよね）

ただ、彼の出勤を見送る時に「今夜、少し話したい事がある」と言われた。

壮一郎は「別に心配するような話じゃない」と言っていたが、本当にそうだろうか？

わざわざ前振りをしたという事は、何かしら重要な話をされるのでは？

みっともない姿をさらしたあとだから、いろいろな憶測が頭の中を飛び交ってしまう。

（まさか、新婚早々別れ話とか……さすがにそれはないよね？　でも、きっと夫婦に関する話だよね。もしくは、どちらかの家族に関する話とか――）

そんな考えが浮かんで、美優はほんの少し表情を曇らせた。

壮一郎の実家は「岩沢総合病院」の隣町にあり、父親の歩は同病院の院長兼脳神経内科医を務めている。

母親の千穂は現役の弁護士で、今も自身が経営する法律事務所で活躍中だ。一人っ子の壮一郎は大学進学を機に家を出たが、親子関係は良好だし義父母は美優にとても優しくしてくれている。

一方、美優の実家は病院所在地からさほど遠くない別の区域に建っており、父親は一般企業に勤務するサラリーマンだ。

母親は自宅近くのスーパーマーケットのパート社員として働いており、二つ上の姉はすでに結婚して家を出ている。

実家には同じ敷地内に父方の祖父母も住んでおり、美優は昔からおばあちゃんっ子だった。料理だけではなく洋裁も得意な祖母は、美優にたくさんの洋服を作って着せてくれたし、ウエディングベールも手作りしてくれた。

正直なところ、美優は子供の頃から母親よりも祖母と仲がよく、今もその関係性は変わらない。

実際、頻繁に連絡を取り合っているのは祖母であり、その次が祖父だ。二人とも美優のためにスマートフォンの操作を覚えてくれて、特に用事がなくてもメッセージを送ってくれていた。

美優だって本当は母親ともっといい関係を築きたいと思っている。けれど、美優が物心ついた頃には、母親の愛情はすべて姉の真子にのみ注がれていた。

真子は幼少の頃から美人で頭がいいばかりか、何をするにしても要領がよかった。

そんな長女を母親は溺愛し、事あるごとに真子を誉めそやした。

母親にとって真子は自慢の子であり、凡庸な美優はさほど重要ではないオマケのような存在にすぎなかったのだ。

優秀な姉に愛情を注ぐ母親と、それを容認する父親。

見かねた祖父母が苦言を呈しても一向に改心は見られない。別に虐待をされているわけではないが、母親から日常的に冷遇される。

そんな毎日は幼い心を少なからず傷つけ、いつしか美優は両親からの愛情は諦めて、祖父母の存在を拠り所にするようになっていた。

しかしながら、そんな母親でも表向きは美優と壮一郎の結婚を喜んでくれていた。

けれど、それも長続きせず今は何かにつけ「あんたと壮一郎さんじゃ釣り合わない」だの「すぐに離婚されても仕方ない」だのと、およそ実母とは思えない発言をするようになっている。

（まさか、お母さんが壮一郎さんに何かおかしな事を言ったとか？）

ふと、そんな考えが頭に思い浮かび歩く足が止まる。母親ならやりかねない。

美優がそう思うのは、昔付き合う寸前までいった男性との仲を邪魔された経験があるからだ。

まだ美優が短大生だった頃の話だが、ある時その人とカフェでお茶を飲んでいると、いきなり母親がやって来て二人の間に割って入った事があった。

そして、有無を言わさず美優を追い立て、強引に家に連れ帰ったのだ。

突然の事に、美優はなすすべもなく母親の言いなりになって帰宅した。

『この子はまだ世間知らずで、一緒にいるとあなたに迷惑がかかる』

『あなたほどの男性には、美優よりももっといい人がいますよ』

初対面の中年女性にそんな言葉を投げかけられ、彼もさぞかし戸惑った事と思う。

その後、何がどうなったのかわからないが、彼はなぜか美優の姉の真子と付き合うようになり、今は結婚して実家近くのタワーマンションの上階に住んでいる。

（あれって何だったんだろう……。今思い出しても、わけがわからない）

母親の事を考えると、美優はいつも少しだけ胸が痛む。

昔から今に至るまで姉だけを可愛がる母親は、美優を決して褒めなかった。何かしら上手くやり遂げても要領が悪いと眉を顰められ、姉と比べては出来損ない呼ばわりをされる。

外面のいい母親は人前ではそんなそぶりを見せず、美優と二人だけになった時にそんな事を言ってきた。そのせいで、美優は一時期自分を何もできないダメな子だと思い込み、委縮してしまった時期があった。

それを救ってくれたのが祖父母であり、ことに祖母は母親に成り代わって美優にたくさんの愛情を注いでくれた。

だからこそ、昔も今もいつも明るく前向きでいられる。

微笑みは幸せを呼ぶと教わったし、実際にそうだと身をもって知った。祖父母のおかげで今の自分があるのだと思うし、壮一郎とこうしていられるのも二人がいてくれたからこそだ。

調理を終え、美優はエプロンを外して丁寧にそれを折りたたんだ。いつの間にか緩くなっていたシュシュを外し、ポニーテールにした髪を解いてホッと一息つく。

(料理も美味しくできたし、あとは壮一郎さんに美味しく食べてもらうだけ)

俗に「胃袋を掴む」と言うが、祖母直伝のレシピは夫婦の仲を深めるのに大いに役立ってくれているのではないかと思う。

『美優が作ってくれる料理のおかげで、前よりも格段に体調がよくなった』

壮一郎はそう言ってくれているし、妻として彼の言葉を心から嬉しく思う。

(もっと料理を頑張って、壮一郎さんとの距離を縮めたいな)

誰もが驚くほどのスピード婚だったし、未だに二人きりでいるのに慣れていない。

何せ、壮一郎は美優が「エルフィこども園」で働き始めて以来、ずっと憧れ続けてきた人だ。

はじめこそ彼の容姿に目を引かれ、見かけるたびに密かに歓喜するという子供じみた想いだった。

けれど、その後何度か病院内で患者と話している彼を見かけ、顔見知りの看護師から壮一郎の話を聞くにつれ、徐々に外見よりも中身に心惹かれるようになっていった。

もともと壮一郎は常に患者ファーストで、特にお年寄りや子供には優しいと評判の医師だ。

美優が本気で彼を好きになるのには、そう時間はかからなかった。もちろん、壮一郎に想いを寄せている人がたくさんいるのは知っていたし、自分の気持ちが彼に届く事などあるはずがないと諦めていた。

もともとすべてのスペックにおいて差がありすぎるし、親しく話をする日など永遠に来ないと思い込んでいたのだが……。

（だけど、こうして壮一郎さんと夫婦になれた。私って、どう考えても世界一の幸せ者だよね）

どこをとっても非の打ち所がない彼が、いたって平凡な自分を妻として選んでくれた。もう一生分の幸運を使い果たした気分だし、このあとの人生をすべて壮一郎のために費やしてもいいと思うくらい彼を心から愛している。

壮一郎の事となると自分でも驚くほど感情が動き、強い気持ちに心が揺すぶられてしまう。

好きで好きでたまらないし、実際彼を想うだけで心拍数が上がり、血流がよくなるのだ。

今日は壮一郎からどんな話をされようと、ぜったいに取り乱すまい。そう心に決めてシュシュを手首にはめ、もう一度味見をしようと人参をひとかけ口に入れる。

ちょうどその時、玄関のドアが開き壮一郎が帰って来た。

「ん、ぐっ……」

時刻は午後七時四十八分。

結婚以来、壮一郎がこれほど早く仕事から帰って来た事は一度もなかった。いつも午後八時を過ぎるから、夫の帰宅時間早いランキング堂々の一位だ。

美優はあわてて口の中の人参を咀嚼し、バタバタと玄関に急ぐ。途中で髪の毛を結び直し忘れた事に気づき、一瞬足が止まる。けれど、今さら洗面所に行くわけにもいかず、そのまま壮一郎を出迎えに行く。

歩きながら掌で髪の毛を撫でつけ、顔を合わせる寸前にかみ砕いた人参を飲み下した。少し無理をして飲み込んだせいで、若干涙目になって目をパチクリさせる。

「おかえりなさい。今日もお仕事お疲れ様です」

「ただいま。美優もお疲れ様だったね。その上、家事までやってくれて……。前にも言ったけど、疲れている時は休んでくれていいんだからね」

「はい、わかりました。でも、料理は私の楽しみでもありますから」

「それならいいが……。だが、くれぐれも無理をしないでくれよ」

靴を脱いだ壮一郎が、式台の上でスリッパを履く。

美優よりも三十センチ近く背が高い彼の身長は、一八六センチある。廊下との段差でいくぶん顔が近くなっているせいか、いつにも増して胸の高鳴りが大きい。

「それはそうと、今日はなんだか雰囲気が違うね」

「そ、そうですか？　ああ……髪を下ろしているからかもしれません」

美優は壮一郎に微笑みかけながら、髪の毛をシュシュでまとめようとした。

「なるほど。……それに、やけに色っぽいね」

「えっ……？」

壮一郎が持っていた通勤バッグを床に置くと、右手でシュシュを持つ美優の指先をそっと握り締めてきた。

「目がキラキラしてるし、若干頬が上気してる。でも、熱はないようだな」

彼の左手が美優の頬に触れたあと、額に唇を押し当てられる。

美優は喉に詰まりそうになった人参に感謝しつつ、彼と正面から見つめ合った。

「はい、熱はないです。目がキラキラなのは、壮一郎さんが帰って来てくれたのが嬉しいからだと――ん、っ……」

話している途中で腰を引き寄せられ、上から覆いかぶさるようにして唇にキスをされた。

帰宅するなり熱烈なキスを浴びせられて、思うように息ができなくなる。

心臓が喉元にまでせり上がってきているようになり、ついには脳味噌がドクドクと脈打ち始めた。もう、立っているだけでやっとだ。今にも膝が折れそうになり、美優は無意識に壮一郎の腰にしがみついた。

「そ……いちろ……さ……」

出した声がキスの音に紛れ、聞こえなくなる。それでも、壮一郎の耳には届いていたみたいだ。

「ごめん、悪かった。僕とした事がつい……美優、大丈夫か？」

唇が離れ、うしろに倒れそうになっていた身体をしっかりと抱き寄せられる。日頃から鍛えている壮一郎の腕は思いのほか逞しい。二人の身体が密着しているせいか、胸のときめきが止まらなくなった。顔中の筋肉が緩み、表情管理ができなくなる。

「は……はい、大丈夫です」

壮一郎に背中を支えられて体勢がまっすぐになる。美優は彼の腰に腕を回したまま、心の中で壮一郎に訴えかけた。

（本当は大丈夫じゃないです。壮一郎さんがかっこよすぎて、私、もうメロメロになっちゃってます……）

見つめてくる壮一郎の顔が凛々しすぎる。美優は自分の顔がゆでダコのように赤くなっていくのを感じて、咄嗟に顔を背けた。それと同じタイミングで、彼がもう一度顔を近づけてきた。まるでキスを拒んだみたいになり、美優はあわてて背けた顔をもとの位置に戻した。しかし、目前に見える壮一郎の顔には、困惑の表情がありありと浮かんでいる。

「ち、違いますよ？　今のはキスを避けたんじゃなくて、照れたからです。だって私、壮一郎さんの事が――」

感情が高ぶり、想いを伝えるよりも先に身体が動いてしまっていた。

気が付けば、美優は自分から壮一郎の唇にキスをしており、二人は数センチの距離で見つめ合っている。

はじめて美優からしたキスは、勢い余って唇をぶつけたようになった。

その上、勇みすぎたのかやけに鼻息が荒い。あわててキスを終わらせようとするも、もはやどうやって唇を離したらいいかわからなくなってしまっている。

美優が目を閉じたまま固まっていると、美優の力んだ唇の先に、壮一郎の温かな舌先が触れた。その柔らかな感触にほだされて、美優の唇が半開きになる。それと同時に口の中に彼の熱い舌が入ってきた。

途端に脳天がジィンと痺れ、一瞬にして身体中が熱くなる。全神経が唇と舌に集中して、ほかの事は何も考えられなくなった。つま先立った足がぐらつき、唇の隙間から吐息が零れ始める。

こんなキスははじめてだ――。

背中を抱き寄せてくる壮一郎の手に力がこもり、聞こえてくるキスの音が徐々に激しくなっていく。美優はわからないながらも彼と同じように口を開け、自ら舌を絡みつかせていた。気持ちがどんどん高ぶっていく。

美優は壮一郎の腰に手を回し、スーツの生地をギュッと握り締めた。

ちょうどその時、炊飯器が奏でる電子音のメロディが聞こえてきた。それは、日頃園児を連れて散歩に行く時に歌う童謡の一節だ。

思わずそれに反応してしまい、美優はいつの間にか閉じていた目蓋を開いた。ほんの数センチ先にある壮一郎と目が合い、途端に恥ずかしさが込み上げてくる。

「ご……ご飯が炊けましたっ！」

焦るあまり、言わなくてもわかる事をわざわざ口に出してしまう。

（ちょっ……私ったら、マヌケすぎ！）

今さら口を噤んでも、もう遅い。美優がスーツを掴んでいた指を解くと同時に、それまでぴったりとくっついていた二人の身体がパッと離れた。

「ああ、そうみたいだね。じゃあ、着替えてくる」

壮一郎が床に置いたバッグを取り上げて、洗面所に向かって歩いていく。

美優は歩み去る彼の背中を見つめ、心の中で地団太を踏む。

（せっかく今、壮一郎さんともっと親密になれるチャンスだったのに～！）

自分を恨めしく思うも、もうおかえりのキスタイムは終わりだ。

しかし、諦めるのはまだ早い。壮一郎は二人きりになった時はいつでもキスをしようと言ってくれたし、まだいくらでもチャンスはあるはずだ。

美優は気持ちを切り替えて髪の毛をシュシュでひとまとめにすると、足早にキッチンに向かった。

晩ご飯をテーブルに並べ終え、やって来た壮一郎とともに椅子に座り「いただきます」を言う。

ご飯をひと口食べながら、美優は筑前煮に手を伸ばす壮一郎をチラリと見る。シンプルな白Tシャツを着た彼の顔に、嬉しそうな微笑みが広がった。

「美味い！　鶏肉は柔らかくて味が染みてるし、野菜も旨味たっぷりだ。美優、リクエストに応えてくれてありがとう。すごく美味しいよ」

「ほんとですか？」

美優は椅子から腰を浮かせながら破顔した。その顔を見て、壮一郎が小さく笑い声を上げる。

「本当だよ。美優は僕が思っていた以上に料理上手だ。それに、僕が美味しく食べるのを心底喜んでくれている。今も、少し褒めただけですごく嬉しそうな顔をしてるね」

「だって、本当に嬉しいから……。私、料理しか取り柄がないし、壮一郎さんのために美味しい料理を作るのが妻としてできる一番の仕事かなって」

美優はそう言いながら腰を椅子に戻した。

彼は食べる箸が止まらない様子で、美優の話を聞きながら鰆の南蛮漬けに舌鼓を打っている。

「美優の料理はもちろんだけど、美優は一緒にいてくれるだけで僕のためになってくれているよ。それに、美優の取り柄は料理だけじゃない。明るくて前向きな性格や、見てるだけで癒やされる笑顔とかもそうだ。僕にしてみれば、美優は取り柄だらけだと思うけどな」

「ありがとうございます。私、祖父母以外にそこまで褒められたの、はじめてかもしれません」

美優と母親の関係性については、壮一郎もある程度把握してくれている。

彼がはじめて美優の実家に挨拶に来てくれた時、母親はあからさまに驚いて大いに狼狽えた様子だった。

壮一郎を歓待しながらも、彼の外見はもとより職業や家柄のよさに度肝を抜かれたのだと思う。

それは同席していた姉もしかりで、二人は終始壮一郎に笑顔を向けながらも、びっくりするほどハイクラスの婚約者を連れてきた美優に対して敵意を剝き出しにしていたのだ。

母親と姉は外面がいいし、美優もあえて壮一郎に対して身内の恥をさらすような話はしていない。けれど、日頃から多くの人と接してきている彼は、なんとなく三人の関係性に気が付いている様子だ。

「これからは、僕が美優を嫌と言うほど褒めるよ。実際、美優は褒められるところだらけだし、褒める材料には事欠かない。人一倍努力家だし、何に対しても一生懸命だからね」

「壮一郎さんったら、さっそく褒めすぎです」

美優は照れて左手で赤くなった頬を隠した。

「本当の事を言ったまでだ。……それに、美優はとても可愛いし綺麗だよ」

少しの間を置いたあと、思ってもみない言葉で褒められた。

美優は一瞬耳を疑ったが、それらは何も容姿だけを指す単語ではない。それに、保育園児から何度か同じ言葉を言われた事がある。

「ありがとうございます。私、保育園の子供達にはモテるし、ちょくちょく褒められたりするんですよ。この間なんか五歳の男の子から『美優先生は性格美人だね』って言われました。なんでそんな言葉を知ってるのって聞いたら、その子のおばあちゃんが私の事をそう言ってたみたいで」

「美優は性格だけじゃなく外見だって美人だ」

「び、美人って……私がですか？」

こんな下膨れのお多福顔、どこをどう見ても美人とは言いがたい。けれど、壮一郎は至極真面目な顔で首を縦に振った。

「肌はきめ細かいし、色も白い。性格のよさが顔に出ているし、僕は美優の優しくて穏やかな顔が大好きだ。顔だけじゃない。僕にとって美優は誰よりも美しくて魅力的な女性だよ」

今まで男性から言われた事のない言葉を連発され、美優は顔をリンゴのように赤く染めて下を向いた。

壮一郎が嘘やおべっかを言う人ではないし、きっと本心からそう言ってくれているに違いない。

だが、彼の言葉と現実の自分には明らかな齟齬があった。

「そんなに褒めてもらって、すごく嬉しいです。でも、仕事柄外に出る事も多いから色白と言えるかどうか……」

美優はもともと色白だし、一年中日焼け止めクリームは欠かさない。けれど、忙しい時は塗り直しができないし、常時うっすら日焼けしている状態だ。

「確かに顔はそうだが、洋服の下は白いままだっただろう？」

「それはそうですけど――」

同意してすぐに、箸で摘まんでいたアスパラガスを皿の上に落とした。壮一郎の顔を見ると、彼もハッとしたような表情をしたまま固まっている。

そうだった――。

壮一郎には顔や手足だけでなく、普段日に当たらないところまで見られてしまっている。

美優の頭の中に、昨夜の失態が思い浮かぶ。彼は紳士だから、ジロジロと眺めたりはしなかっただろう。けれど、妻の身体が色白だとわかるほどには見られていたわけで……。

そう思った途端、顔に火が点いたように熱くなり、かろうじて持っている箸まで落としそうになる。色は白くても貧相な身体を見られた事を思い出し、美優は頭のてっぺんから湯気が出るほど恥じ入って赤面した。

「ご、ごめん！　そういうつもりじゃ……」

目が合った壮一郎が、いつになく動揺した様子で美優のほうに身を乗り出してきた。心なしか、彼の顔も赤くなっているような気がする。

自分だけではなく、壮一郎にも気まずい思いをさせてしまうなんて！

美優は箸を置き、彼に向かって深々と頭を下げた。

「あ、あのっ……昨夜はたいへんご迷惑をおかけして申し訳ありませんでした。い、以後あのような醜態をさらさないよう気を付けてまいりますので、何卒ご容赦くださいますようお願い申し上げます」

気が動転しているせいか、口調がやけに堅苦しくなってしまった。言い終えてから気が付き、余計恥ずかしくなって顔を上げられなくなってしまう。

ガタンと音がして壮一郎が席を立った。彼は座っていた椅子を美優のそばに移動させると、静かに腰を下ろした。

そして、美優の両肩にそっと手を添えて顔を上げるよう促してくる。

「美優、謝らないでくれ。僕は何も迷惑だなんて思ってないし、むしろ昨夜の事について何も言わないままでいた僕のほうが悪いんだから――」

「いいえ、壮一郎さんは私に恥ずかしい思いをさせまいとして、黙ってくれていたんですよね？　おかげで、朝も普通でいられたからとてもありがたかったです。壮一郎さんこそ、謝ったりしないでください」

間近で見つめ合っていると、そのまま顔が近づき、鼻の頭にチュッとキスをされる。

おかえりのキスもあったし、今も甘い雰囲気が流れている。

もしかすると、昨夜の失敗は帳消しになったのかも……。そう思った時、壮一郎が美優を見つめながら、ふっと笑い声を漏らした。

「鼻の頭に、ご飯粒がついてたよ」

「えっ？　……は、恥ずかし……」

恥の上塗りとは、この事だ。

美優が眉尻を下げて身をすくめていると、今度は唇に触れるだけのキスをされた。

「美優は本当に可愛い。そうやって恥ずかしがるところが、たまらなく愛おしいよ。

美優は覚えてないかもしれないけど、僕と美優がはじめて面と向かって挨拶を交わした時、美優はすごく恥ずかしそうな顔でにっこり笑ってくれたんだ。場所は『エルフィこども園』と病院を繋いでる渡り廊下だった」

「覚えてますっ……って言うか、あの時の事はぜったいに忘れたりしません！　だって、壮一郎さんとはじめてきちんと目が合った瞬間でしたから」

まさか、彼もあの時の事を覚えていてくれたなんて……。

美優は嬉しくなって目をパチパチと瞬かせた。

「それまでも病院内のコンビニに行く時に、チラッと見かけたりしてました。でも、目が合ったのはあれがはじめてでした」

昼は園児と一緒に院内調理のお弁当を食べている美優だが、時間がある時は飲み物を買いに病院の一階にあるコンビニエンスストアに行く。

園で用意したお茶はあるし、不経済なのはわかっていた。けれど、そうでもしなければ壮一郎を見かけるチャンスはゼロに等しい。

美優は照れながらそんな事情を話し、さらに頬を染める。

「あの時もちょうどお昼休みにコンビニに行く途中でした。壮一郎さんとすれ違ったあと、すぐに引き返そうと思いました。だけど、さすがにそれは変だと思って我慢したんです」

「あの時は園長に用があって渡り廊下を歩いてたんだ。そうか……美優が僕に会うためにコンビニ通いをしていたとは知らなかったな。僕は僕で、あの時美優に会えるのを期待して保育園に向かってたし、すれ違ったあとすぐに振り返って美優が見えなくなるまでずっと背中を見送ってた」

「え⁉　そうだったんですか？」

夫婦とはいえ、交際期間が短かった二人だ。デートはしたが、話すのは互いの仕事に関する事や世間話がほとんどで、今のような話をするのははじめてだった。

「出会う前や出会ってからの事とか……僕達は、もっといろいろな話をする必要があるみたいだね？」

壮一郎に問いかけられ、美優は微笑みながら頷いて「はい」と返事をする。

それからすぐに彼が自分の皿をテーブルの端に移動させた。距離が近づいての食事はドキドキ感満載で、お腹よりも胸が先にいっぱいになってしまう。

「そういえば、壮一郎さんが今朝言っていたお話って何ですか？」

美優が聞くと、彼は急に改まった表情を浮かべて箸を置いた。

「その事なんだが……。美優、今夜から寝室を同じにしないか？」

思い切ったような壮一郎の顔と、真剣なまなざし。

美優は口の中のものをゴクリと飲み下し、箸を置いて彼に向き直った。

「は、はいっ……。実は、私もそう思っていました」

美優がそう言うと、壮一郎がホッとしたように口元を綻ばせた。

「じゃあ、これからは僕の寝室で一緒に寝よう。ベッドはキングサイズだから狭くはないと思うし、もし必要ならあとで美優の部屋からベッドを移動させても――」

「同じベッドで大丈夫ですっ」

つい前のめりにそう言ってしまい、あわてて口を噤む。気が付けば鼻孔が膨らんでピクピクしている。美優はそれとなく下を向いて指で鼻を摘まんだ。

「それと、美優は前に子供はすぐにでも欲しいと言っていただろう？　僕も同意見だし、美優との子供なら何人いてもいいと考えている」

壮一郎が、そう話しながら美優の目をまっすぐに見つめてくる。いつになく真面目な口調で語りかけられて、美優は彼が夫婦の今後について真剣に考えてくれている事を感じ取って深く胸を打たれた。

「それで……もし美優さえよければ、なるべく早く子作りに取り組もうと思うんだが、どうかな？」

「はい、私もそうしたほうがいいと思います」

まさかの子作り宣言に、美優は椅子から立ち上がって壮一郎のほうに身を乗り出した。若干はしたないと思いつつも、そう言ってくれた事が嬉しくてたまらなかったのだ。

「そうか。……じゃあ、さっそくだけど、今夜にでも……？」

「こ、今夜……。そ、そ、そうですね！　作ろうとしてすぐにできるとは限らないし、そうと決めたら一日でも早く取り組んだほうがいいですよね」

「美優が僕と同じ考えでいてくれて、よかった。じゃあ、そういう事で今夜からよろしく――」

嬉しすぎて綻びっぱなしの唇に、壮一郎がキスをしてきた。彼に促されて再び食べ始めるも、途中で何度も唇を重ねられるから、食べ終わるまでに思いのほか時間がかかる。美優は度重なるキスにとろけ、椅子に座りながら腰が砕けそうになってしまう。

ものすごく嬉しい……！

けれど、美優にはそうするにあたって、確認しておかなければならない事があった。

「あの……。壮一郎さんが私と結婚した理由って、何だったんでしょうか。もしかして、私の祖父が『うちの孫娘をもらってやってくれませんか』って言ったからですか？」

かなり思い切ってした質問だったが、それを聞いた壮一郎が、一瞬キョトンとしたような表情を浮かべる。そして、すぐににっこりと笑い首を縦に振った。

「それも理由のひとつだ」

「そ、それも？」

壮一郎の答えに、美優は疑問が払拭できないまま、首をひねった。

「でも、祖父はただの一般人ですよ？　もらってやってくれと言われたからって、普通結婚なんかしません。もしかして、それ以外に何か深い事情でもあるとか……」

真剣な面持ちでそう話す美優を見て、壮一郎がプッと噴き出してクスクスと笑い出した。

「そ、壮一郎さん？」

「笑ったりしてごめん。僕は『それも理由のひとつだ』と言っただろう？　一番大きな理由は、もちろん僕が心から美優と結婚したいと思ったからだ。つまり、美優と一生をともにしたいと思うくらい、美優を愛してるからだ」

「え……」

たった今発せられた「愛してる」という言葉が、美優の頭の中で何度となくリピートされる。それはまるで結婚式の時に聞いた幸せの鐘の音のように、美優の心の奥底にまで響き渡った。

「そのほかにも、美優と結婚した理由は数え切れないほどある。ぜんぶ言ってほしいなら、そうするけど——」

壮一郎から向けられた愛の言葉は、思いのほか強力で、あとからやって来た衝撃波も凄まじい力がある。

美優は目を開けて意識を保ちながらも、そのインパクトに耐えかねて、まともに座っている事すらできなくなった。

「美優っ——」

椅子からずり落ちる美優を、咄嗟に伸びてきた壮一郎の手が受け止めて助けた。

背中を支えられながらじっと見つめられ、美優は空気を求める金魚のように口をパクパクさせる。

「わ……私……お、お茶を……」

今、これ以上壮一郎のそばにいたら心臓が持たない！

無意識にそう思った美優は、場違いな言葉を口にして身を起こそうとした。しかし、思うように身体に力が入らず、ただ壮一郎の腕の中でもがくだけに終わる。

「美優、お茶はあとにしないか？」

囁くようにそう問われ、美優は素直にこっくりと頷いて「はい」と言った。返事をするなり唇を重ねられ、それまで以上に強く身体を抱き締められる。

「そ、壮一郎さ……ん、っ……」

何度となくキスをされたのち、彼の熱い舌が唇の中に入ってきた。

いつもの壮一郎らしくない有無を言わさぬ強引なキスが、美優をさらに腑抜けさせる。ただでさえ身体から力が抜けているのに、もうこうなっては全身を彼の腕に預けるしかない。

「それと、後片付けは僕がやるから、今すぐに僕と寝室に行ってほしい。ダメかな？」

そう言うなり、壮一郎が美優の背中と膝裏を腕にすくい上げた。返事をする間もなく、また唇を重ねられる。

美優は彼の腕の中で身じろぎをして、両方の腕を壮一郎の首に回した。

「ダメじゃないです……」

そう言う美優の目をじっと見つめると、壮一郎がゆっくりと頷く。彼は美優を抱いたままキッチンをあとにすると、廊下を大股で歩ききり二階へ続く階段を上り始めた。

家全体がゆとりある造りになっているから、今の状態でどこを通っても手足が壁にぶつかる心配は皆無だ。

開け放たれたままのドアを通り抜け、キングサイズのベッドが置かれた部屋の中に入った。部屋はゆったりとして広く、縦横に大きい窓から見える夜空に、下弦の月がぽっかりと浮かんでいる。

「今夜は月明かりが、あまり入ってこないようだな」

壮一郎とともに窓に近づき、暗い夜空を眺めた。返事をしようにも、緊張のせいで声が出ない。全体的にシックで落ち着いた雰囲気の部屋の壁には、カチカチと小さな音を立てて時を刻む掛け時計がかかっている。

掃除をするために何度も訪れていた壮一郎の寝室は、今夜から夫婦共有のものになるのだ。

そう思うと、まるで違う部屋のように見えるから不思議だ。

「大丈夫か？　どうやら美優を驚かせてしまったみたいだね」

優しい壮一郎の声音が、美優の心を和ませる。彼と一緒にいると、ドキドキが止まらない。けれど、美優にとって今や壮一郎は世界一温かで安全なセーフゾーンのような存在でもあった。

「いいえ……。確かに驚きました。でも……すごく嬉しいです。壮一郎さん……私も、愛してます。もう、ずっとずっと前から、壮一郎さんの事を愛してました」

「美優……」

再び重なってきた唇が、嬉しそうに微笑んでいるのがわかる。

美優は拙いながらもキスを返したあと、微笑みながらホッと幸せのため息をついた。

「灯り、点けないままのほうがいいかな？」

そう訊ねられ、美優は小さく頷いて自分を見る壮一郎の目を見つめ返した。

突然の事に戸惑っているし、これからどんな展開になるのかと思うと口から心臓が飛び出そうだ。

けれど、ようやく心身ともに彼と結ばれると思うと、期待と喜びで胸がはちきれんばかりになった。

実質、今夜が夫婦の初夜になるのだ。これまでに何度となく頭の中でシミュレーションをしてきたが、今となってはそれが役に立つかどうかもわからない。

ベッドサイドに立った壮一郎が、美優をベッドの上に下ろした。

そして、仰向けに横たわった美優と視線を合わせながら、おもむろに白Tシャツを脱いで、少し離れた位置にあるスツールの上に放った。

（わっ……す、すごい……）

逞しい胸筋と硬く引き締まった腹筋があらわになり、美優は横になったまま目を丸くして壮一郎の上体に見入った。彼が鍛えられた身体をしているのは知っていたが、服を脱いだのを見るのはこれがはじめてだ。

想像していたよりもはるかに精悍だし、言葉に尽くせないほどの男性的魅力に溢れている。

これほど完璧でセクシーな男性が自分を妻に迎え、子作りをすると言ってくれているなんて……。

美優はどんどん速くなっていく鼓動を感じながら、バタバタと身を起こしベッドの上で正座して閉じた膝の前で両手をついた。

「壮一郎さん、どうぞよろしくお願いします。私、はじめてで何もわからないんですけど、妻としての役割を果たせるよう頑張りますから」

美優は壮一郎に向かって頭を下げようとした。けれど、彼の手に肩をやんわりと押し留められてしまう。

「美優、実は僕もこういった事は、はじめてなんだ。正直、すごく緊張してるけど、夫としての役割はきちんと果たすと約束する」

「へ？　……は、はじめてって――」

目を丸くする美優を見て、壮一郎がやや気まずそうな微笑みを浮かべる。

壮一郎ほどのハイスペックイケメンが、どうして？

思ってもみない告白に、美優は絶句して口をパクパクさせる。それを見た彼が、やや照れくさそうに笑い声を上げた。

「びっくりさせてごめん。でも、本当の事なんだ。僕は本気で好きになれない女性とはそういう行為をしたくないと思ってきたし、僕にとって美優は、はじめて本気で好きになれた女性なんだ」

「えっ？　そ……それ、ほんとですか？」

美優は耳を疑って、彼にそう聞き返した。

まさか、そんなはずがあるわけない──そう思っていると、壮一郎がにっこりと微笑みながら首を縦に振った。

「本当だよ。だから、美優、僕のほうからもよろしくお願いするよ」

壮一郎が美優と同じように正座して膝の前で手をつく。そんな彼の姿を見て、美優はあわてふためきながらも、再度丁寧に頭を下げた。

「は、はいっ！　こちらこそ改めてよろしくお願いします！」

傍から見たら、何ともおかしな風景になっていただろう。

けれど、二人とも真剣そのものだし、見つめ合う瞳には互いを想う気持ちが込められている。

膝を進めた壮一郎が、美優を胸に抱き寄せて唇を合わせてきた。

美優はそっと目を閉じると、彼の広い背中に腕を回して身体が仰向けに倒れるに任せるのだった。

第二章　ラブラブな夫婦生活

満を持して迎えた初夜は、素晴らしいのひと言だった。壮一郎は、まるで美優が壊れやすいガラス細工であるかのように大切に扱ってくれたし、すべての動作には深い愛と思いやりが感じられた。

（夢みたい……）

壮一郎と夜を過ごして、美優は心身ともに壮一郎のれっきとした妻になった。双方ともはじめての事だけに、多少の戸惑いや滞りはあった。けれど、それすらも互いの気持ちを高めるスパイスになり、二人は無事結ばれてこの上なく幸せな一夜を共有したのだ。

それはまさにめくるめくひと時の連続で、美優にとって壮一郎の振る舞いのひとつひとつが感動の嵐だった。彼は真面目で優しい性格そのものの愛し方をしてくれたし、時に驚くほどの情熱を見せて美優をとろけさせてくれた。

あれから一週間経ったが、壮一郎は約束通り、連日美優とベッドをともにして夫としての役割を果たしてくれている。

「美優先生、亮君のママがお迎えにきましたよ」

美優が「エルフィこども園」の屋内で三人の園児達と積み木遊びをしていると、園長が部屋の入口から声をかけてきた。

「はぁい。亮君、ママがお迎えに来てくれたよ。遥奈ちゃんと沙耶ちゃん、亮君のお見送りしてくるから、ちょっと待っててね」

美優は積み木遊びをしている遥奈の背中を撫でながらそう言ったあと、近くにいる同僚の保育士に「お願いします」と声をかけた。

亮と一緒に別の部屋に置いてある保育園バッグを取りに行き、玄関に向かう。

それからすぐに沙耶の泣き声が聞こえてきて、美優は用事を終えるなり大急ぎでもといた部屋に戻った。

「あ、美優先生。ごめんなさい、私がちょっと目を離している隙に――」

同僚の保育士によると、遥奈と沙耶が桜色の積み木を取り合って喧嘩になったらしい。はじめは言い合いのみだったが、そのうちに遥奈が持っていた積み木で沙耶の太ももを叩いて泣かせてしまったようだ。

幸い沙耶はすぐに泣き止んで痛みもなくなったようだが、今度は遥奈のほうが激しくぐずり出した。それでも何とか仲直りをして、迎えに来た沙耶の母親に太ももが少し赤くなった理由を話して謝罪する。

それからすぐに遥奈の父方の祖父が迎えに来た。それまで、一人で積み木遊びをしていた遥奈が、祖父の顔を見た途端再び声を上げて泣き出した。

この頃の遥奈は前よりも機嫌よく登園するようになったが、その代わりにお迎えの時に帰るのを渋るようになっているのだ。

「遥奈ちゃん、おじいちゃんとおうちに帰ろう」

祖父にそう言われても、遥奈は美優にしがみついたまま離れようとしない。

「イヤ!」

二歳になるとだんだんと自己主張が強くなるが、まだまだ思っている事を上手く言葉にして話せない。きっとそんなもどかしさもあるのだと思う。

それに加えて、出産を控えた母親は未だ里帰り中で、今週から自宅近くに住む父方の祖父母宅で寝泊まりをしているらしい。

普段からよく泊まりに行っているようだが、今回に限ってはいつも通りとはいかないようだ。

「やっぱり母親が恋しいんでしょうねぇ。毎朝起きるたびに母親を探すようにキョロキョロするんですよ」

泣き疲れて眠くなった様子の遥奈を、祖父があやしながら抱っこして帰っていく。

美優はそれぞれの心情を思いながら二人を見送り、再び部屋に戻って積み木を片付け始めた。

(遥奈ちゃん、ママに会いたいんだろうな)

以前も下の子が生まれた園児が、急に甘えん坊になったり乱暴をするようになったりした事があった。その原因は容易に想像できるし、保育士としてできる限り寄り添ってあげたいと思う。

けれど、ほかの園児との関わりもあるし、一人の園児だけを特別扱いするわけにもいかないのが現状だった。

その日の夜、遅くなって帰宅した壮一郎から、つい一時間ほど前に遥奈の母親が無事出産を終えたと聞かされた。生まれたのは男の子で、幸い母子ともに健康であるらしい。

遥奈の父親の佐藤は、壮一郎と同年で二人は高校の同級生でもある。当時から仲がよく、大学は別々だったものの医師を目指す同志として、ずっと交流は続いていたと聞いた。

「でも、急遽帝王切開になったとかで、入院が少し長引くみたいなんだ」

「そうですか……。遥奈ちゃん、園で私にくっついて離れない時があるんです。新しく家族が増えるのを楽しみにしてはいるんですけど、小さいながらも心の中でいろいろと葛藤があるみたいで」

壮一郎曰く、佐藤は妻が里帰りした当初は一人で遥奈の面倒を見ていた。だが、夜勤をきっかけに遥奈を自身の両親に預け、忙しさもあって結局それきり預けたままになっているらしい。

「急に環境が変わると大人でも戸惑うからね。ましてや、遥奈ちゃんはまだ二歳だ。明日、佐藤と少し話してみるよ」

「お願いします」

壮一郎が風呂に入っている間に、美優はいつものように彼のために消化にいい食事をテーブルの上に用意した。夕方に同僚から焼き鳥の差し入れがあったと聞いたから、今日のメニューは白身魚と根菜の和風ポトフだ。

夜がかなり遅かったり差し入れがあったりした日は、晩ご飯と言うよりは量も少なめの軽い夜食を用意するようにしていた。

「いい匂いがするな」

風呂上がりの壮一郎が、バスタオルで髪の毛を拭きながらリビングに入ってきた。毛先から水が滴っているのはさておき、彼はまだ上半身に何も着ていない。

均整の取れた彼の身体は、立っているだけでひとつの芸術品だ。

隆起する上腕筋とそれに引っ張られる盛り上がった大胸筋。ライトグレーのスウェットパンツがややずり下がっているせいで、この上なくセクシーな腸腰筋が丸見えになっている。

思わず目が釘付けになり、美優は強引に視線をテーブルの上に戻した。それでも気になってチラチラと見ていると、髪の毛を拭き終えた壮一郎が白Tシャツを着てこちらに向かって歩いてくる。

「きょっ……今日はポトフにしてみました。もし足りないならパスタも追加できますよ」

「いつも、ありがとう。具がたっぷりだし、ポトフだけで十分だよ」

そばに来た壮一郎が、背後から身体を抱き寄せてきた。背中に彼の身体の凹凸を感じて、美優の表情筋が一瞬で緩んだ。

火照る頬を隠すためにうつむいている間に、壮一郎がキッチンに向かい二人分のグラスワインを持って帰って来た。

夫婦の椅子は長方形のテーブルの角を挟んで隣り合わせになっている。席に着くなり頬にキスをされ、驚いて顔を上げた拍子に唇を重ねられた。

「美優、愛してるよ。家で美優が待っていると思うと、病院を出た途端走り出したくなる。実際、今日は走って帰って来た。どうせ走るんだから、これからはジョギングウェアを着て通勤しようかな」

指で顎を固定され、チュッチュッと小鳥がエサを啄むようなキスをされた。

壮一郎は地域医療を担う「岩沢総合病院」の医師として、通勤時の服装にも気を配っている。彼にとって身だしなみは病院を利用する人達はもちろん、周辺住民に対する礼儀だ。

そのため、近隣を歩く時はたとえプライベートであっても、だらしない格好はぜったいにしない。けれど、ランニングウェアなら、健康的だし今よりももっと好感度が上がりそうだ。

「走って通勤とか、疲れませんか？　それに、これからもっと暖かくなると、着くまでに汗をかいちゃいますよ」

「ふむ……それもそうだな」

グラスを手渡され、ワインをひと口飲む。冷えた白ワインがいつの間にか熱くなっていた身体を適度に冷やしてくれる。

寝室をともにするようになってからというもの、壮一郎はそれまでとは打って変わってあからさまに愛情表現をするようになった。

以前はキスひとつするにもかなりの時間がかかった。けれど、今は事あるごとに唇を重ねられるし、隙あらば何らかのスキンシップを取ってくるという感じだ。

「さっきの話だけど、うちの病院は再来年に向けて今後徐々に医師の増員をするだろう？　そうなると『エルフィこども園』を利用する者も増えるだろうし、園の拡充も考えなければならないと思ってる」

「岩沢総合病院」は同じ敷地内に新館を増築予定で、今年の夏に着工し二年後の夏にすべての工事が完成する予定だ。

「今は広さ的にかなりゆとりがありますけど、定員数を増やすとなると、広さも保育士の数も足りなくなっちゃいますね」

「それもあって、今の場所の隣にある空いているスペースを利用して同じくらいの広さの建物をもうひとつ建てようかと思ってる。もちろん、優秀な保育士の補充もするよ。もしかすると、将来的に僕達の子供も預ける事になるかもしれないしね」

壮一郎がポトフを食べながら、ニッと笑う。

その意味ありげな表情を見て、ついさっきワインでクールダウンした身体が再びぽっぽと熱を持ち始めた。

二人は毎晩同じベッドで寝起きして、夫婦として連日子作りをしている。当然、子供はいつできてもおかしくないし、二人とも一日でも早くその日が来る事を心から望んでいるのだ。

「その辺りの事も、事前に二人で話し合っておかないとね。ところでさっき、やけに僕の身体をジロジロ見ていたけど、何か気になる点でもあったのかな？　特に腰回りをじっと見つめていたような気がしたけど」

「えっ？　ジ、ジロジロ見てなんか……。あれは、壮一郎さんがいきなりスウェットパンツだけでリビングに来たから、ちょっと驚いただけです。そ、それにちょっと腰パン気味だったし――」

余計な事を言いそうになり、美優はワイングラスに唇を押し当ててそっぽを向く。

「それと、昨日書斎の机の上に本が出しっぱなしになっていたけど、あれは美優のしわざかな？」

「あっ……ごめんなさい、私です！　見ている途中で電話がかかってきて、ついそのままにしてしまいました」

階段を上って正面の部屋は壮一郎が書斎として使っており、壁の二面は天井までの高さの本棚が据えられている。

そのほとんどが医学書だが、美優は彼から好きな本があれば勝手に見ていいと言われていた。

「いや、気にしなくていいよ。ただ、開いていたのが筋肉の構造に関するページだったから、美優はそういうのに興味があるのかなと思って」

壮一郎がグラスを持ち上げて、ゆっくりと中を飲み干す。突起した喉ぼとけが上下し、首筋にくっきりとした太い筋肉が浮き上がる。

つられて知らぬ間に溜まっていた唾を飲み込むと、ゴクリとやけに大きな音が立ってしまった。

「はい……実は毎日壮一郎さんの筋肉を目の当たりにして、あの筋肉は何ていう名前なんだろう、どことどう連動して動くんだろうって気になってしまって」

「なるほど。何にでも興味を持って新しい知識を得るのはいい事だ。特にどの筋が気になったのか、あとで聞かせてもらえるか？　せっかくだから、実際に見て触って教えてくれるとありがたいな」

ポトフを食べ終えた壮一郎が「ごちそうさま」と言って席を立ち、洗い物をキッチンに運んでいく。

美優は密かに胸をときめかせながら空いたグラスを持ってあとを追い、スポンジを持つ彼の隣に並んだ。

「わかりました。じゃあ、あとで……」

手際よく洗い物をする壮一郎にグラスを託し、美優は台拭きを持ってテーブルに戻った。

いつも以上に丁寧に天板を拭いていると、背後からやって来た壮一郎にバックハグをされる。腰をかがめた姿勢で首筋に鼻面をすり寄せられ、まるで大型犬にじゃれつかれているような気分になる。

「ふふっ、壮一郎さんったら、くすぐったいです」

「美優を見ると、ついこうしたくなる時があるんだ。年下だし見た目も中身も可愛いんだけど、どこか人を甘えさせるような雰囲気があるというか……。それに、美優はとてもいい香りがする」

壮一郎がスンスンと鼻を鳴らしながら美優と向かい合わせになり、喉元にそっと唇を這わせてくる。

「たぶん、使ってる石鹸の香りです」

バスルームにはボディソープも置いてあるが、美優が好んで使うのは昔ながらの固形石鹸だ。

「なるほど……それに美優自身の芳香がブレンドされてるんだろうな。清潔感がありながらも甘くて柔らかな香りだ。だから、こんなにも惹きつけられてしまうんだと思うよ」

腰を抱き上げられ、テーブルの縁に座らされる。抱きすくめられると同時に唇が重なり、そのままテーブルの上にそっと押し倒されてしまう。

まさか、こんなところで……!?

いつの間に脱いだのか、壮一郎が着ていたはずの白Tシャツはなく、仰向けになった胸に硬い筋肉が直接当たっている。チュニックの裾がめくれ、そこから彼の手が忍んできた。

もともと膨らみが足りない胸は、仰向けになっているせいでさらに扁平になっている。胸を触られるのは、はじめてではない。けれど、ここは薄暗い寝室ではなく煌々と灯りが点いたリビングだ。

壮一郎の指先があばら骨の下に触れた時、美優は彼の首にしがみつき、腰を挟むようにして両脚を絡みつかせた。ぴったりと上体がくっついた状態になり、思惑通りチュニックの中で彼の手が動けなくなる。

「ここじゃ明るすぎますっ……。恥ずかしいので、できれば二階に連れて行ってくれませんか？」

図らずも壮一郎の耳元で囁くような感じなってしまい、心臓が早鐘を打つ。

胸の辺りに確かな振動を感じて、美優はいっそう強く全身で彼の上体にしがみついた。

「わかった。リビングでするのは、また今度にしよう」

壮一郎がそう言って、美優の耳にそっと唇を押し当てる。それからすぐに背中を抱き上げてもらい、彼にしがみついたままの格好で二階に連れて行かれた。

お尻の下に彼の腕の筋肉――腕橈骨筋を感じる。

プニプニとしたほぼ筋肉ゼロの大殿筋を、壮一郎はどう思っているだろうか？

そんな美優の心配をよそに、彼は軽々と階段を上り切ると、片手で寝室のドアを開け放った。

ついさっきまで甘えん坊の大型犬だった壮一郎は、すでにこの上なく魅惑的な夫としてのオーラを取り戻している。これから、二人だけの濃密な夜が始まる。

何度この時を迎えても、まだ夢の中にいるみたいだ。

美優は彼の腕の中で全身の力が抜け落ちていくのを感じながら、自分の頬を指で強くつねってみるのだった。


五月になり「エルフィこども園」の壁を飾っていた桜の折り紙が、切り紙の鯉のぼりに変わった。クレヨンで色付けされた何匹もの鯉のぼりは、在籍する園児全員と保育士が共同で作り上げたものだ。

ゴールデンウィークに入り「エルフィこども園」も休園になった。

休みに入った最初の日、美優は一人自宅で留守番をしながら庭の草むしりをしたり、持ち帰った仕事を片付けたりしている。

休診日とはいえ、「岩沢総合病院」には大勢の入院患者がおり、医師や看護師はシフトを組んで出勤している。今日も壮一郎は朝からの勤務で、帰りも夜遅くなる予定だ。

(今日は難しいオペがあるって言ってたし、きっといつも以上に疲れて帰って来るんだろうな)

午後になり、美優はリビングの掃除をしながら壮一郎のために夜食のメニューを考え始める。

（もしかして、シャワーを浴びてすぐに寝ちゃうかもしれないし、食べるのに手間がかからないものがいいよね）

壮一郎は脳神経外科医として日夜、脳や脊髄、末梢神経系の疾患の外科的治療を専門に行っている。扱う疾患は脳梗塞やくも膜下出血など、命に関わるものも少なくない。

緊急を要する場合も多く、自宅待機日の呼び出しは日常茶飯事だ。

彼の執刀技術には定評があり、評判を聞きつけて来院する患者が引きも切らない。

そんな事もあり、壮一郎はもう何年も長期休暇が取れておらず、新婚旅行も行けていない状態だった。

（でも、いいの。旅行なんていつでも行けるし、私は壮一郎さんのそばにいられるだけで幸せなんだもの）

いってらっしゃいとおかえりのキスは基本中の基本。ハグはもはや日常の一部だし、通りすがりに抱き寄せられてなかなか離してもらえない時もある。

いくら注意しても料理中にちょっかいをかけてくるし、家にいる時は常に手が届く距離にいてほしいとわがままを言う。

むろん、それは美優が喜ぶとわかった上でしてくる事であり、美優はまんまと彼の策略にはまってデレデレになる。

夜はベッドでは美優が力尽きるまでとことん愛情を注ぎ、毎回とろけるような至福の時を迎えさせてくれた。

その熱量は相当のもので、美優も精一杯それに応えている。

一時は連日の子作りが壮一郎を疲れさせているのではないかと心配したが、彼は美優との触れ合いこそが一番のリフレッシュであり活力の源だと言ってくれた。

控えめに言って、最高に幸せ――。

日を増すごとに妻に対する愛情が増している様子の彼との生活は毎日が新婚旅行のようだ。

結婚当初は、てっきり片想いのままだと思っていたのに、そうじゃなかった。壮一郎は美優にしょっちゅう「愛してる」と言ってくれるし、言葉だけではなく身をもってそれを体現してくれる。

つい先日まで、幸せを感じるとつい頬をつねりたくなった美優だったが、今ではもうそうする必要を感じないほど彼からの愛情を甘受していた。

午後になり、美優は自室の窓際にあるソファに座り、来月の誕生会で園児に渡す誕生日カードのレイアウトを考え始める。

「エルフィこども園」は基本的に仕事の持ち帰りは不可で、残業もさほど多くない。

けれど、先月末に新しく入園した二歳男児の誕生日がたまたま来月であるため、事前準備だけでもしておこうと思ったのだ。

（紫陽花とカタツムリのイラストじゃ定番すぎる？　レインコートを着たカエルとかどうかな？）

あれこれと思案していると、一階からインターフォンの呼び出し音が聞こえてきた。

急いで階段を下りて応答する前にモニターを確認する。

驚いた事に、そこに映っているのは姉の滝田（たきた）真子だった。

「お姉ちゃん？　なんでここに？」

予想外の訪問者に、美優はびっくりしてインターフォンの前で固まってしまう。

画面の中の真子は、美優が未だかつて見た事がないほど完璧な作り笑顔を浮かべている。

母親同様、美優とは普段まったく交流がない真子が突然訪ねてくるなんて、いったい何事だろう？

悪い予感しかしないが、出るしかない。応答ボタンを押して「はい」と返事をすると、真子が乙に澄ました猫なで声を出した。

『私よ。今日は旦那様もご在宅かしら？』

「ううん、私一人。壮一郎さんは今日も朝から仕事で――」

「はあ？」

美優の返事を聞いた真子の表情が、一瞬にして不機嫌なしかめっ面に変わった。

『なぁんだ、わざわざ来て損しちゃった！　まあいいわ。とにかくドアを開けてちょうだい』

今の様子からして、真子は壮一郎が在宅していると思ってやって来たみたいだ。

美優は気が進まないがならも玄関のドアを開け、真子を家の中に招き入れた。

「お姉ちゃん、今日は何か用事があってここに来たの？」

「別に用なんかないわ。ただ、ちょっと仕事で近くまで来たから、ついでに家を見せてもらおうと思って。……ふぅん、思ってた以上にいい暮らししてるのね。美優のくせに」

真子がリビングをぐるりと見回して、悔しそうな表情を浮かべる。

（今「美優のくせに」って言ったよね？　お姉ちゃん、相変わらずだなぁ……）

母親同様、真子は昔から三歳年下の妹を疎んじる傾向にあった。

幼かった頃の美優がどんなに姉を慕おうと、真子はあからさまに嫌な顔をして邪険にする。その様子は母親そっくりで、取り付く島もないほどだ。

そんな事もあり、美優はもう何年も前に二人と良好な関係を築くのを諦めてしまっていた。

「これ、お土産。壮一郎さんがいると思ってたから、特別に奮発しちゃったわよ。ところで、何か食べるもの出してくれない？　私、お昼まだなのよね」

真子が持っていた有名洋菓子店の紙袋をテーブルの上に置き、いつも美優が座っている椅子にどっかりと腰を下ろす。

「えっと……パスタでもいい？」

「パスタか……まあいいわ。くれぐれもカロリーに気を付けて。サラダとアイスコーヒーもつけてよ」

まるでここをカフェと間違えているかのような真子の態度に、美優は小さくため息をつきながらキッチンに向かった。

真子を相手する時は下手に逆らわないほうがいいし、特に用事がないなら食べてすぐに帰るはずだ。

美優は手早くスナップエンドウとベーコンのカルボナーラを作り、真子が待つリビングに戻った。

「お姉ちゃん、おまたせ——あれっ？　いない」

座っていたはずの椅子に真子の姿はなく、美優はトレイを持ったままキョロキョロと辺りを見回した。

（トイレかな？　それとも、庭でも見に行ったのかな？）

そう思い、トレイをテーブルに置いて姉を探し回った。けれど、真子の姿はどこにも見当たらない。

美優が困惑していると、二階から小さな物音が聞こえてきた。

「お姉ちゃん、上にいるの？」

急いで階段を駆け上がると、閉めてあったはずの夫婦の寝室のドアが開いている。中に入ると、真子がベッド横のサイドテーブルの引き出しを物色しているところだった。

「ちょっと、お姉ちゃん！　何してるの？」

「別に何も。どんな間取りになっているか気になっただけよ。ここって誰の寝室？　もしかして、夫婦一緒に寝てるの？」

「そうだけど」

「ちなみに、もう子作りは始めてるの？」

「始めてるよ。二人とも子供は早く欲しいと思ってるし――」

「ふんっ！　そう上手くいくかしらね。あんたクラスの女が医師の妻としての役割を、きちんと果たしているとは思えないけど」

美優の話を遮るように口を開くと、真子が寝室の外に出て行く。

彼女の勝手な振る舞いは昔からで、今に始まった事ではない。妹にならどんな暴言を吐いてもいいと思っているようだし、自分が気に入れば美優のものでも勝手に使い、ポイ捨てする。

何度か祖父母にたしなめられていたが効果はなく、美優は本当に大切なものは祖母に預けておいたくらいだ。

姉の自分勝手な振る舞いにため息をつきながら、美優はふと、かつて祖母から言われた言葉を思い出した。

（おばあちゃん、もしかすると勝一さんとの事も、そうかもしれないって言ってたっけ）

真子の夫の勝一は、もとはと言えば先に美優が知り合って連絡先を交換した相手だ。

出会いの場だった合コンで、彼は国内最大手の商社に勤務するエリートとして女性の視線をかなり集めていた。

だが、彼はなぜか美優だけに個人的な連絡先を教え、後日二人きりで会えないかと訊ねてきた。

当時はまだ男性と話すのにも慣れていなかった美優は、誘いに応じても一人ではなく、複数で遊びに行ったり映画を観たりするだけに留めていた。

けれど、ある時、待ち合わせの場所に美優と勝一しか来ないハプニングが起こり、その時はじめて二人だけでカフェに行きお茶を飲んだ。

勝一はいい人だったし、周りはもう二人がそのまま付き合うものだと思っていたらしい。

だが、蓋を開けてみれば彼が恋人として選んだのは美優ではなく、真子だった。

いったい何がどうしてそうなったのかはわからないけれど、結局勝一はそのまま真子と結婚して美優の義理の兄になったのだ。

人の縁とは不思議なもので、美優は壮一郎という最高の男性と出会い、結婚して夫婦になった。

今となっては心の底からこれでよかったのだと思うし、姉妹がそれぞれに幸せになれたらいいと思う。

それと同時に、姉妹の間にある溝は、よほどの事がない限り埋まらないと諦めてもいた。そう思わざるを得ないほど真子は美優を拒絶してきたし、だからこそ真子の突然の訪問には不安しか感じない。

同居している時は常に姉を警戒していた美優だが、もう何年も離れて暮らしているせいですっかり油断していた。幸い夫婦の寝室には特に気に入ったものがなかったようで、見たところ真子は手ぶらだった。

美優は真子のあとを追って階段を下り、すでに席に着いて平然とパスタを食べる姉を見て、再度ため息をついた。

「カルボナーラってカロリー高いわよね。これってインフルエンサーの私に対する嫌がらせ?」

真子はブツブツ文句を言いながらペロリとパスタとグリーンサラダを平らげ、アイスコーヒーを飲み始める。

高校生の頃から、とある雑誌の読者モデルをしていた真子は、成人したのちは自身のSNSを使ってファッションやメイクなどの情報を発信していた。どうやら結構な数のフォロワーがいるようで、本人曰くとある事務所にも所属していて、それなりの収入を得ているらしい。

「あんたって料理だけは上手だったけど、壮一郎さんをゲットできたのもそのおかげなんでしょ？　どうやって取り入ったのか知らないけど、所詮あんたなんか、家政婦と一緒よ」

もう何年も二人きりで話す機会はなかったが、真子が暴言を吐くのは昔も今も変わらない様子だ。

「壮一郎さんが私の料理を美味しく食べて健康でいてくれるなら、別に家政婦と一緒でも構わないよ」

美優の言う事が気に入らなかったのか、真子の顔がみるみる険しくなる。

「ふん！　胃袋を掴んでいい気になってると、そのうち浮気されて離婚確定ね。結婚してってもアプローチしてくる女は山ほどいると思うし、仕事だとか言って実は隠れて誰かと付き合っているんじゃないの？」

「壮一郎さんは、そんな人じゃないわ。私をちゃんと愛してくれてるし、私も壮一郎さんを心から愛してるの。だから、憶測で変な事ばかり言うのはやめて」

真子を相手に本気で怒るのは得策ではない。

けれど、さすがに壮一郎の事をとやかく言われては、彼の妻として黙っているわけにはいかなかった。

「は？　愛だの何だのって、脳内お花畑ね。顔も身体も貧相なくせに、せいぜい一人でそう思ってたらいいわ。あぁ、馬鹿馬鹿しい！　私、もう帰るわ」

それからすぐに真子が去り、美優はキッチンで早々に洗い物を片付け始めた。

（いったい、何をしに来たの？）

おそらく何かしら粗を探しに来たのだろうが、幸せに暮らしている家にそんなものが見つかるはずがなかった。

真子には、いろいろと意地悪を言われ慣れているし、今さら傷ついたりしない。

そうは言っても、さすがに浮気だの離婚だのと、暴言が過ぎる。

誰が何と言おうと、美優は壮一郎を信じている。

けれど、結婚後の彼が前にも増してモテているのは、園児の保護者や顔見知りの看護師から再三聞かされているのも事実だ。

（だからって、あんな言い方しなくてもいいでしょ！　どうせ私はお姉ちゃんみたいに綺麗でもなければ、ボリュームのある身体つきもしてないわよ！　だけど、壮一郎さんはそれでいいって言ってくれてるんだから……）

不安がないと言えば嘘になる。

人の心は移ろいやすく、愛情も永遠とは限らない。けれど、それはあくまでも一般論であり、自分達夫婦には当てはまらないに決まっている。

少なくとも、自分は――。

そこまで考えて、美優は頭をブルブルと横に振った。

真子の言葉に多少なりとも気持ちを左右されるなんて、まっぴらごめんだ。

壮一郎の不在を残念がっていたが、よもやおかしな考えを起こしたりしていないだろうか？

（ううん、お姉ちゃんなら何をしでかしてもおかしくない。私が大事にしてるものとなると、急にそれが欲しくなる人だもの）

こんな時こそ、心を強く持たなければ。

美優はそう決意して、それきり頭から邪念を追い払い、やるべき仕事や家事に没頭した。

けれど、そんな日に限って壮一郎の帰りが遅い。予定よりも帰りが遅くなるのはめずらしくないし、おそらくオペが長引いているか、患者の急変か何かだ。日付が変わり、午前六時前になってようやく壮一郎が帰って来た。

結局まんじりともせずに朝を迎えた美優だったが、夫の顔を見るなり元気を取り戻した。

「おかえりなさい。何か食べますか?」

「いや、さっとシャワーを浴びて少し寝るよ。連絡できなくてごめん。夜中に緊急オペが一件入ってしまったんだ」

美優は彼がスーツのジャケットを脱ぐのを手伝い、床に置いたバッグを持った。

「わかってます。私の事は気にしなくても大丈夫ですよ。さあ、シャワーを浴びてさっぱりしてくださいね」

美優が壮一郎をバスルームに追い立てると、彼はふっと微笑んで美優の唇にチュッとキスをする。

「ありがとう。美優がいてくれるだけで安心するよ」

壮一郎がバスルームに入ったあと、美優は荷物を置きに彼の書斎に向かった。

思った通り、壮一郎は夜中に難しいオペをこなしてクタクタになって帰宅した。いつだって誠心誠意患者と向き合っている彼は、美優が心から尊敬してやまない愛する夫だ。これからも彼を想う気持ちは変わらないし、何があろうと未来永劫彼を愛し続ける自信がある。

ベッドを整えていると、壮一郎がシャワーを浴び終えて寝室に入ってきた。カーテンを閉めているから、外の灯りは一切入ってきていない。

美優はベッドに倒れ込むようにして横になった壮一郎にブランケットを掛けた。

「おやすみなさい、壮一郎さん。おっ、とと……」

立ち去ろうとした手を引かれ、美優はふらついてベッドの上に倒れ込んだ。

身体をグッと抱き寄せられ、横向きになっている壮一郎の腕の中で彼と向かい合わせになる。

「少しだけ一緒にいてくれ。僕が眠るまで……美優をそばに感じていたいんだ」

話す声がだんだんと小さくなり、言い終えるなり呼吸が寝息に変わった。

無防備な壮一郎の寝顔を見つめながら、美優は彼への愛で胸がはちきれんばかりになるのを感じている。

(ずっとずっと、壮一郎さんと一緒にいます。壮一郎さんが安心して仕事ができるように、私がいつだってそばにいますから)

窓の外から、微かに鳥の声が聞こえる。

美優は壮一郎の背中に手を回すと、彼に身をすり寄せて唇にそっとキスをするのだった。

連休の最終日、美優は夜勤明けで帰宅した壮一郎とともにバタートーストとたっぷりの野菜を添えたポーチドエッグの朝食をとっていた。

今日はこれから近くの公園に散歩に出かける予定だ。

「美優、連休なのにどこにも連れて行けなくてごめん。今日は本当に公園に散歩に行くだけでいいのか？」

「ぜんぜんいいですよ。むしろ、ゆっくりできてすごく楽しみです。公園の花壇はいろいろな花がいっぱい咲いてるし、結婚してから二人で近所をぶらぶらするのってこれがはじめてだし」

実際に、美優は今日の散歩を心から楽しみにしていた。園の散歩コースでもある公園は広く、中にはテニスコートや温室がある。広場の横には売店やカフェレストランもあるし、ゆっくりするにはうってつけの場所だ。

二人して朝食の後片付けを済ませたあと、夫婦は連れ立って散歩に出かけた。

壮一郎は白いコットンの上下に紺のジャケットを羽織り、爽やかな事この上ない。

美優はそれに合わせて、空色のワンピースを着て彼とお揃いのスニーカーを履いた。

日焼け止めを塗り、いつもより丁寧にメイクする。いつもひとつ括りにしている髪の毛は下ろしたままにしておく。

家を出てすぐに壮一郎に手を差し伸べられ、手を繋いで歩き出す。公園の中に入り、花壇を眺めながら散歩道をそぞろ歩き、広場のベンチに腰かけて空を見上げた。

「うーん、気持ちいい～。さすが連休最終日だけあって、家族連れやカップルがたくさんいますね」

少し先のベンチでは、恋人同士がぴったりとくっつき合っている。それを見た壮一郎が、握っていた手を解き美優の肩を抱き寄せてきた。

「僕と美優は出会ってすぐに結婚したから、こんなデートをしないままだったね。これからは夫婦でいろいろなデートをしよう。できれば子供ができる前に一度旅行にも行きたいな」

壮一郎がにっこりと微笑み、美優も同じように笑いながら頷く。

「私もそうしたいです！　でも、無理はしないでくださいね。私、壮一郎さんと一緒ならどこだって楽しいですから」

「またそういう事を……うっ……！」

美優がそう言うと、壮一郎が空いているほうの手で自分の胸を押さえた。

はあはあと息を荒くして苦しそうに眉を顰める彼を見て、美優は狼狽えて下を向いている壮一郎の顔を覗き込んだ。

「だ、大丈夫ですか？　胸、どうかしました？」

あわてふためいて、おろおろする美優を見て、壮一郎がにこやかに笑う。

「美優、僕は大丈夫だよ。ただ、美優の殺し文句に心臓を射抜かれただけだ」

「……へっ？　そ、そんなつもりじゃ……」

美優が照れてしどろもどろになると、壮一郎が朗らかに笑い声を上げる。

「わかってるよ。美優はいつだって無自覚に僕を惹きつけて、メロメロにさせる」

「メ、メロメロだなんて……惹きつけられているのは私のほうなのに……。壮一郎さんこそ、今みたいな事をサラッと言ったりして……おかげで心臓が破裂しちゃいそうです」

「本当に？」

壮一郎が美優の首筋に指を押し当てて、目をじっと見つめてくる。

「ふぅむ……確かに脈が速いな。目も若干潤んでるし、これは今すぐに横になったほうがいいかもしれないな」

「え？　せっかくデートしてるのに、もう帰るなんて嫌です！」

「誰が帰るなんて言った？　ほら、ここに頭を載せてごらん」

壮一郎の手が、自分の太ももをポンポンと叩く。

こんなチャンス、めったにないに違いない！

美優は急いで腰の位置をずらして、言われるがままに彼の太ももの上に頭を載せた。

目の前の景色が横向きになり、頬に壮一郎の引き締まった太ももの筋肉を感じる。

彼の指が、美優の耳にかかる髪の毛をうしろに撫でつけた。そのついでに耳朶を指先でそっと摘ままれ、胸の奥がキュンとする。

「美優は耳の形まで可愛いな。人相学的のも良妻賢母の相が出てる」

「ほんとですか？」

思わず顔を上に向けると、下を向いている壮一郎とバッチリ目が合ってしまう。

下から見ても完璧な彼の顔に気圧され、美優は顔をいっそう紅潮させて視線を移ろわせた。

ひとしきりベンチでゆっくりしたあと、再び二人仲良く並んで歩き出した。ただ壮一郎といるだけで、こんなにも楽しい。公園のあちこちに咲き乱れている花も、二人の幸せを祝福してくれているみたいに感じられる。

「さて……そろそろお昼だな。ランチはどうする？　食べて帰るか、それとも帰ってから一緒に作ろうか？」

「えっと……」

壮一郎に訊ねられて、美優は真顔で悩み始める。

公園デートは楽しいし、まだコースの半ばだ。けれど、今すぐに帰って夫と二人きりになりたいという気持ちがムクムクと大きくなり始めている。

「家でランチするなら、そのあと少し二階でゆっくりして、夕方からまた出かけてもいいしね」

二階でゆっくり――。

壮一郎がそう言った時、美優の心は百パーセント自宅ランチにシフトする。

「帰りましょう！　ランチ、壮一郎さんと一緒に作りたいです」

先に立ち上がった壮一郎が、美優に手を差し伸べてきた。

今日は図らずも排卵日だ。

美優は彼の手を借りてベンチから立ち上がると、痛いほど胸をときめかせながら夫とともに散歩コースを戻り始めた。

自宅に着き、手を洗い身支度を整えると、美優は壮一郎とともにキッチンに立った。

帰宅途中のパン屋で買ったバゲットを二等分にして、縦に切り込みを入れる。間にマスタードとマヨネーズを塗って買い置いてあったハムやチーズ、野菜をたっぷりと挟むと、あっという間にバゲットサンドイッチの出来上がりだ。

それをあえて切らないままトレイに載せて縁側に運び、淹れたてのコーヒーと一緒にかぶりつく。同じ味なのに、壮一郎は途中で美優が食べているほうを食べたがった。

そんなふうにじゃれ合いながらランチを食べ進め、淹れたてのコーヒーを飲む。

「こうして縁側でランチを食べるのもいいものだな。まるでピクニックに来ているみたいだ」

「ほんとに」

バゲットサンドを食べ終えた美優は、さっき切ったばかりのフルーツを持ってこようとして縁側から腰を上げた。すると、壮一郎が一緒に立ち上がり、美優の手を取ってキッチンについてきた。彼は美優に代わって冷蔵庫からフルーツ入りの皿を出し、カウンターの上に置いた。

「そういえば、昨日寝室のサイドテーブルの引き出しに、こんなものが入ってた」

壮一郎が紺色のポロシャツのポケットを探り、小さな小箱を取り出した。手の中にある正方形のそれは、黒地に金色の文字で「ＳＫＩＮ」と書かれている。

「そ、それって……避妊具、ですよね？」

美優は驚き、思わず小箱に顔を近づけた。それはすでに封が開いており、明らかに使った形跡がある。

絶賛子作り中の美優と壮一郎だ。避妊具など使った事もなければ、買い置きをした覚えもない。

「それと、この写真も一緒に入ってた。ここに映っているのは美優と真子さんの旦那さんの勝一さんだね?」

壮一郎が新たに取り出した写真を見ると、確かに美優と勝一がツーショットで映っている。ただし、それは美優と勝一が合コンで知り合った日に撮った写真で、ツーショットとはいえ同席していた男女が一緒だった。

けれど、写真と避妊具の小箱がセットになると、あたかも写真の二人がそれを一緒に使う仲であるかのように見えてしまう。

「確かにこの写真に写ってるのは私と勝一さんです。でも、もう何年も前のものだし、この箱についてはまったく見覚えが——あっ!」

そこまで言って、美優はハタと気が付いてくしゃりと顔を歪めた。

頭の中に、先日真子が自宅を訪ねてきた時の事が思い浮かぶ。あの時、姉は美優がキッチンにいる間に寝室の引き出しを物色していた。きっとその時にこれを入れたに違いない。

いったい、何のつもりでそんな事を?

どうであれ、もうこれ以上隠してはおけなかった。美優は壮一郎に勝一との出会いや写真を撮ったいきさつを説明し、真子が先日いきなり自宅を訪ねてきた事を話した。

「なるほど。自宅の鍵は僕と美優しか持っていないし、これを持ち込んだのは真子さんに間違いないな」

美優は壮一郎に訊ねられるままに、自分と実家家族との関係性を明かした。実家での母親の権力は絶大だ。恐妻家の父親は陰で美優を気にかけてはくれるが、実際に庇うでもなく家ではほぼ空気と化している。

「そうか……。美優のご両親や真子さんとの関係については、なんとなくそうなのかなと思っていたよ。だが、いきなり首を突っ込むのもよくないと思って、静観していたんだ。それと、真子さんについてだが、実は最近になって僕の個人の番号にメッセージを送ってくるようになっていて——」

「姉が？」

壮一郎がスマートフォンを操作して、真子からのメッセージを表示させた。

真子はその中で美優の不貞をほのめかし、彼と二人きりで会えないかなどという、とんでもない内容の文章が綴られている。

当然、壮一郎は当たり障りのない理由でそれをやんわりと拒否した。

しかし、真子は簡単には諦めずに、その後、入院している友人の見舞いという名目で「岩沢総合病院」を訪れ、回診中だった壮一郎につきまとうような行動を取ったらしい。

びっくりするやら呆れるやら、美優は驚きを通り越して怒りすら覚えた。

「大切な仕事中に、そんな迷惑行為を……。壮一郎さん、うちの姉が本当にごめんなさい！」

頭を下げて平謝りする美優の肩を、壮一郎がそっと抱き起こしてくる。

「いや、謝るのは僕のほうだ。自分だけで解決しようとせずに、もっと早く美優にこの事を言うべきだったな。悪かったよ」

壮一郎は、真子からのメッセージにあえて反応しない事で、義姉からのアプローチに拒絶の意を示した。けれど、その真意は真子には伝わらず、直に会って話すという行動を取らせてしまったのだ。

「いいえ、悪いのはうちの姉ですから……。それと、壮一郎さん個人の電話番号は、母が姉に教えたんだと思います。本当にすみませんでした」

何かしらあった時のために、双方の両親には二人の個人的な連絡先を知らせてある。

そうすべきだと言ったのは美優の母親だ。

自分の親族が壮一郎に迷惑をかけている——。そう思うと、申し訳なさで胸が痛んで仕方がない。せっかく彼と夫婦としての愛ある生活をスタートさせたばかりなのに、こんな事では今の幸せがいつ壊れても不思議ではなかった。

「美優……」

壮一郎が、項垂れる美優の身体を腕の中に包み込んだ。顔を上げると、キスが唇に降りてきた。それは、妻の心情を察したかのような優しくて温かなキスだ。

「美優は悪くない。真子さんが何を思ってあんな行動を取ったのかはわからないが、それくらいで僕達がお互いを想う気持ちは揺らいだりしない——そうだろう?」

「壮一郎さん……」

抱き寄せてくる彼の腕は力強く、広い胸は限りなく温かい。壮一郎がそう言ってくれるのなら、きっと大丈夫だ。

美優は、こっくりと頷いて彼のキスに応えた。

それにしても、真子が仕掛けた黒い箱とツーショット写真のトラップは悪質すぎる。明らかに夫婦仲を裂こうとする意図が見て取れるし、過去を踏まえて考えてみるに、おそらく真子は壮一郎をロックオンしているに違いない。

そして、母親はその後押しをしている可能性大だ。

美優は恥を忍んで、壮一郎にほぼ事実に間違いない憶測を話す事にする。

「壮一郎さん、こんな事を言うのは本当に恥ずかしいんですけど……。うちの姉は母と結託して私と壮一郎さんの仲を裂こうとしているんだと思います。それで、あわよくば壮一郎さんを私から奪おうとしているじゃないかと……」

「美優から僕を奪う？　でも、真子さんには勝一さんという人がいるのに――」

美優の辛そうな表情を見て、壮一郎が途中で口を閉じた。そして、掌でそっと背中を撫でさすってくる。

「そうか。美優がそう言うのなら、間違いないんだろうな。それに、そう考えると真子さんの意味不明な言動も合点がいく。……美優、大丈夫だ。僕が愛してるのは美優だけだし、それだけは何があっても変わらないよ」

「壮一郎さん……」

情けなさと嬉しさがごちゃ混ぜになり、目に涙が浮かびそうになる。けれど、せっかくの連休最終日だ。

美優は強いて明るい笑顔を浮かべ、壮一郎の腰にそっと腕を回した。

「美優にも話した事だし、今ここで真子さんにメッセージを返そうか」

二人で話し合いながら文面を入力し、今後は壮一郎への直接連絡はやめる事、美優に関する根拠のない作り話をしないよう念を押して夫婦連名でメッセージを送信する。

これで一応は真子への対応は終わった。

潔く諦めてくれたらいいのだが、自身の夫まで引っ張り出して画策したからには、今後も警戒はしておいたほうがよさそうだ。

やるべき事を終えて、美優は冷蔵庫からカットしたフルーツを載せた皿を取り出した。そして、壮一郎とともにカウンター前の椅子に並んで腰を下ろす。

そうしている時も、彼は美優に寄り添って心情を気遣ってくれている。

「そういえば、壮一郎さんって結婚する前よりも今のほうがモテてるって園児の保護者から聞きました。はじめはちょっと心配だったけど、今はもう平気です。私、壮一郎さんを心から信じてますから」

話す美優の口元に、壮一郎がサクランボを近づけてくれた。それをパクリと口に入れて咀嚼すると、甘酸っぱい美味しさが広がって一気に頬が緩む。

「美優が僕を信じると言ってくれて、すごく嬉しいよ。信じると言うのは簡単だけど、実際はかなり難しいし疑心暗鬼に囚われがちだ。でも、美優は本気で僕を信じてくれている。目を見ればそれがよくわかるよ」

壮一郎が優しく微笑んで、美優の目の上に唇を寄せた。まだ日は高いけれど、食後は二回でゆっくりするという約束だ。

二人は互いを見つめながら早々にカットフルーツを平らげると、どちらともなく手を取り合って足早にキッチンをあとにするのだった。

六月になり、庭の紫陽花が少しずつ咲き始めた。

紅色のルビーレッドや柔らかな水色の万華鏡。大輪の白い花をつけるアナベルや薄桃色のヤマアジサイなど、同じ紫陽花でも種類も花色も違っていて面白い。

香りはあまりしないが、紫陽花は美優が好きな花のひとつだ。比較的育てやすく挿し木で増やすのも容易で、一度植え付ければ長い間花を楽しめる。年々花数が増えて大きな株に成長するし、その上寿命が長い。

(そうだ。今咲いている花を切り花にしてリビングに飾ろうかな)

そう思い立ち、美優は縁側から庭に下りた。

日曜日ではあるが、壮一郎は昨日から地方で行われている学会に出席しており、今日の夕方には帰って来る予定だ。

時刻は午後三時。

今朝は早くからキッチンに立ち、中華風の豚の角煮に取りかかった。副菜は焼きナスとみょうがの甘酢漬け。それにポテトサラダとワカメと豆腐のお味噌汁を添える。

メインの料理はすでに出来上がっており、今頃は十分に味が染みているはずだ。

二連打ちの飛び石の上を歩き、紫陽花の大株の前に立つ。四方に枝を伸ばす紫陽花は、昨夜降り続いた雨のおかげで元気いっぱいだ。

(紫陽花って生命力が強いよね。寒い時は枯れてるように見えても、春になるとちゃんと新しい葉っぱを出してグングン成長するんだもの)

たくさん茂っている葉を取り除き、下に隠れている開く前の花に陽の光が届くように調整する。緑色の蕾はまだ小さく、幾重もの葉っぱに守られている。

「こんなところにも花がついてたんだ。まだ赤ちゃんだね、可愛いな」

紫陽花を見ながら、美優は無意識に自分のお腹を掌でさすった。そして、我知らず深いため息をつく。

壮一郎と結婚して三カ月が経ち、今の生活にもだいぶ慣れた。

夫婦仲は良好だし、仕事もおおむね順調で何も言う事はない。

(ただ、まだ赤ちゃんは来てくれないんだよね)

以前妊活していた友人から、半数以上の人が始めて半年程度で妊娠しているらしいと聞いた。中には三カ月以内に赤ちゃんを授かる人もいるのだという。

むろん年齢や生活様式は人それぞれだし、ましてや美優は妊活を始めてまだ二カ月ちょっとだ。

焦るにはまだ早すぎる。

そう思うものの、妊娠を望む気持ちが日に日に強まっている事もあり、事あるごとにあれこれと気を揉んでしまうのだ。

（タイミング法も実践してるし、栄養面も気を付けてるんだけどなぁ）

特に美優は規則正しい生活を心がけ、睡眠もしっかりと取ってできる限りストレスも溜めないように気を付けていた。

仕事に関しては、自分の努力次第である程度何とかなる。

目下美優の悩みの種は、真子の電話攻勢だった。

幸い、夫婦連名でメッセージを送ってからは、真子は壮一郎に連絡をしてこなくなっている。

その代わりに今度は電話やSNSを通じて美優に対して棘のある言葉を投げつけてくるようになっているのだ。

スマートフォンへの電話や個人的にやり取りができるアプリへのメッセージなど、特別用もないのに連絡を寄越してはチクチクと嫌味を言ってガチャ切りする。

着信拒否とブロックをしたいのは山々だが、そんな事をすればまた壮一郎に被害が及ぶかもしれない。

そう思って、美優は嫌々ながらも姉の相手をしていた。それで満足してくれるなら、と、甘んじて嫌味を受け続けていたが、この頃ではその内容がだんだんとエスカレートしてきていた。

(夫婦連名の返信が、そんなに腹立たしかった？　それにしても、ちょっと普通じゃない感じがするんだけど……)

姉妹間の事だし、余計な心配をかけたくなくて、この件については壮一郎には話していない。

さすがに仕事中に電話がかかってくる事はないが、脈絡のない単発のメッセージは、時間を問わずどっさり送られてくる。

『相変わらず家政婦してるの？』

『いい加減離婚したら？』

『あんたなんかが奥さんで、壮一郎さんが可哀想』

美優はそれに対して極力当たり障りのない最低限の返信を返し、真子に既読スルーされて終わり。

そんなやり取りをしているうちは、まだよかった。

『実は私、前にちょっとだけ壮一郎さんと付き合った事があるの』

『言っとくけど、壮一郎さんと子作りしたのはあんたより私のほうが先だから』

一昨日送られてきたメッセージには、心底驚いた。

まるで自分が壮一郎の元カノであるかのような文面だし、いつにも増して上から目線だ。

だからといって、そんなでたらめを信じるはずもなく、どう反応したらいいものかと考えあぐねていたら、今度はさらに理解しがたいメッセージを寄越してきた。

『美優、あんたまだ勝一の事が好きでしょ。私も壮一郎さんの事はまんざらでもないし、この際夫婦交換をして楽しまない？』

馬鹿馬鹿しすぎて返事をする気にもならないし、気持ち悪いしさすがに腹が立った。

(バレバレの嘘をついた上に、夫婦交換だなんて。お姉ちゃん、ぜったいにおかしい。どうかしてるよ……)

勝一と疎遠になってからは、美優は彼と一切連絡を取らず電話番号などのデータもすぐに消した。真子が勝一と付き合い始め、ほどなくして結婚して親戚になってからも、美優は彼の個人的な連絡先を知らないままだ。

当然、親族として二人の結婚式には出席したし、冠婚葬祭の時に何度か顔を合わせたが、それ以上の関わりはない。

（もしかして、勝一さんと上手くいってないのかな？　だからおかしなメッセージばかり送ってくるのかも）

祖母の話では、母親と仲がいい真子は、実家にはしょっちゅう帰っているらしい。

祖父母の家は先代から受け継いだ木造住宅だが、その隣に立つ息子夫婦の自宅は南欧風で外観のテイストがまるで違っている。

どう見てもちぐはぐだが、母親の強い希望でそうなったみたいだ。

同じ敷地に住むにしても、二軒は完全に別世帯。互いに干渉はしないという家を建てる当初の決め事は今も守られている。

（いろいろあるんだろうけど、お母さんって、どうしてあんなにおばあちゃんを煙たがるんだろう？）

両家の関係がギクシャクしている根本的な原因は、母親が自身の義両親を疎んじているせいであるのは明らかだ。

もうそれは美優が物心ついた頃からのものであり、おそらくそんな関係性が自分への態度にも大きく影響をしているのだと思う。

母親にべったりの真子は、美優とは違い祖母とはさほど親しくないし、昔から用事があっても父母を介して話したりしていた。

そんな真子が数カ月前から急に、祖父母宅を訪ねるようになった。

祖母が推測するに、それはおそらく自分から美優達夫婦の近況を聞き出すためであるようだ。

『来るたびに、美優や壮一郎さんの事をあれこれと知りたがって、聞けばなんだかんだとひがむような事ばかり言うのよ。きっと真子は、美優が羨ましくて仕方がないんだと思う』

祖母は自身の孫として美優はもちろん、真子の事も気にかけている。

二人の不仲は祖母と美優達の母親の関係同様、真子が一方的に美優を嫌っているのが主な原因だ。

取り付く島もないとはこの事で、どんなに歩み寄ろうとしてもかえってそれが裏目に出て余計距離を置かれる。

もはや修復は不可能に近く、こちらとしては波風が立たないよう一定の距離を置くよりほかはない状態だ。

美優は祖母にだけは、真子の暴挙など姉に関する悩みを包み隠さず話している。

祖母はすべてを知った上で真子と対峙し、猫なで声に屈する事なく妹夫婦については最低限の話をするだけに留めてくれていた。

（おばあちゃんは今に真子がまた何かしでかしそうで心配だって言ってたな。ただでさえお母さんといろいろあるのに……。私とお姉ちゃんとの事でも悩ませちゃって、ごめんね、おばあちゃん）

美優は紫陽花を何本か切り花にして、縁側から家に持ち帰ろうとした。ちょうどその時、インターフォンが鳴る音が聞こえてきて足を止める。

そのまま家に入らず庭から玄関のほうに回ると、門の前に紺色のジャケットを着た男性が立っているのが見えた。誰かと思って目を凝らしていると、男性が背伸びをして門の中を覗き込むようなしぐさをする。

「あれっ？　もしかして勝一さん？」

チラリと見えた顔は、間違いなく勝一だ。声に気づいたのか、男性が美優のほうに顔を向けた。

「美優さん、久しぶり」

勝一が美優に向かって手を振る。きちんと分け目をつけた髪に黒縁の眼鏡をかけた彼は、昔合コンで知り合った時とさほど変わっていないように見えた。

「勝一さん、お久しぶりです。今日は何か？　姉は一緒じゃないんですか？」

「いや、僕一人だ。ところで、壮一郎さんはいるかな？」

「いいえ、今日は夕方まで不在ですけど……。壮一郎さんに何か用でしたか？」

「実は、真子が家を出てしまったんだ。僕が外出から帰ったら、テーブルの上にこれが――」

　勝一が美優に白いメモ用紙を手渡してきた。

『壮一郎さんと子作りをしてきます。くれぐれも邪魔はしないで。　真子』

「えっ……？」

　メモを読んだ美優は、驚きすぎて言葉を失ってしまった。顔を上げて勝一を見ると、彼もまた困惑したような表情を浮かべている。

「それでここに来てみたんだが、いないとなると、いったいどこに……」

「ここじゃなんですから、とにかく中にどうぞ」

　美優は呆然としながらも、急いで門を開けて勝一を門の中に招き入れた。近所の目もあるし、玄関先で立ち話をするような内容でもない。

　美優は勝一を家に上げ、リビングに案内する。窓際のソファに座るよう促し、自分は少し離れた位置に置いてあったスツールに腰かけた。

「何があったのか聞かせてもらえますか？　どうして姉が壮一郎さんと――」

口にするのも憚られて、美優は話している途中で唇をきつく結んだ。

「実は、今朝真子と子供の件で言い合いになってね」

勝一曰く、夫婦はこれまで特に妊活をしておらず、子供は自然にできるに任せていたらしい。しかし、今年の春になって急に真子が本格的に子供を欲しがるようになり、念のため不妊検査にも行ったようだ。

「検査の結果、僕達夫婦は自然妊娠ができないとは言えないまでも、確率的にかなり低いと言われてね……」

勝一が言いにくそうに言葉を濁した。

「しかも、どうやら僕のほうに少し問題があるようで……。それもあって近頃は喧嘩が絶えなかった。今朝も不妊の件で話しているうちに真子が逆上してしまった。それで、僕が外出している間にメモを残して出て行ってしまったんだ」

だからといってどうしてそれが壮一郎と子作りをする事に繋がるのだろう？

やはり祖母が心配していた通り、真子はまた妹夫婦をトラブルに巻き込もうとしている。

「それで急いでここに来てみたんだが……。壮一郎さんは学会に行っているんだろう？　もしかして泊まりがけ？　だったら、ホテルで密会してるって可能性も――」

「ありません！　壮一郎さんは、そんな事をする人じゃないです。それだけはありえませんから！」

想像するだけでも胸が悪くなるような事を言われ、美優は咄嗟に勝一の憶測を否定した。

美優の剣幕に気圧され、勝一がハッとしたような表情を浮かべる。

「申し訳ない。今のは失言だった」

彼は本来冷静な人だが、妻の理解しがたい行動のせいで多少自分を見失っていたようだ。

「私こそ、すみません。驚きすぎて、つい大声を出してしまいました」

二人とも少しだけ落ち着きを取り戻し、美優は一度小さく深呼吸をして再度口を開いた。

「ところで、勝一さんはどうして壮一郎さんが学会に行っている事を知ってるんですか？」

美優の問いかけに、勝一が胸ポケットから四つ折りのコピー用紙を取り出して、それを開いた。

「これを見たんだ。真子が出て行ったとわかってからすぐに、これが彼女の部屋の壁に貼ってあるのを見つけてね」

美優は勝一が差し出したコピー用紙を受け取り、それを見た。

「これって、壮一郎さんのスケジュール表じゃないですか。どうしてこれが姉の部屋に？」

壮一郎は毎月美優に月間の予定が書きこまれたスケジュール表を渡してくれている。そこには学会などのあらかじめわかっている少し先の予定も書いてあり、美優はそれをキッチンの壁に貼って随時チェックしていた。

もしかして、真子は先日ここに来た時にそれを見つけてスマートフォンで撮影していったのかも……。

真子なら、それくらいやりかねない。

美優は青くなって、にわかに狼狽え始めた。

「姉に連絡は取れないんですか？」

「何度電話しても出ないし、メッセージを送っても未読のまま無視されてる。まあ、これも今回がはじめてじゃないんだけどね」

話を聞くと、姉夫婦は結婚当初からちょっとした言い争いは日常茶飯事。性格が強い姉はいつも勝一を言い負かすまできつい言葉を投げつけていたようだ。

「別にそれでもいいと我慢していたんだが、僕もいい加減気分屋の真子に付き合い切れなくなっていた事もあってね。もうずいぶん前から夫婦仲は冷めていたし、子供ができたら何とかなると思っていたけど、それも望めないとなると僕達はもうダメかもしれないな……」

祖母から真子が実家に来ては、勝一に対する不満を言っていたらしい事は聞いていたが、まさかそこまでだったとは知らなかった。

「私、壮一郎さんに連絡をしてみます」

美優は壮一郎のスマートフォンに電話をかけてみた。しかし、移動中なのか呼び出し音が鳴ったあと留守番電話に切り替わってしまう。

とにかく、壮一郎は今頃自宅に向かっているはずだし、間違っても真子と一緒のはずがなかった。

美優は改めてそう思い、ふと勝一に視線を向けた。

精一杯急いで来たのか、勝一の額には微かに汗が浮かんでいる。

「お茶も出さないでごめんなさい。ちょっと待ってくださいね」

美優は急いでキッチンに向かい、アイスコーヒーを持ってリビングに戻った。

勝一が、出されたアイスコーヒーのグラスを持ち、半分ほどそれを飲み干したあと深いため息をつく。

「美優さんのところは夫婦仲がいいんだね。それに、さっきの言葉……あんなふうに言い切れるほどパートナーを信頼できるなんて羨ましいよ」

呟くようにそう話す勝一は、いかにも疲れ切っているように見える。

「壮一郎さんがそうさせてくれるおかげです。だから私、ちょっとやそっとじゃビクともしないでいられるんですよ」

実際にそうだし、美優も壮一郎に信頼してもらえるよう心がけている。そう話す美優を、勝一がじっと見つめてまたひとつため息をつく。

「あの時、どうして僕は真子を選んでしまったんだろう。この頃になって、よくそんな事を考えてしまうんだ。それもこれも、すべて自分のせいだ。本当は君と付き合うはずだったのに、真子の誘惑に負けて関係を持ったばっかりに――」

「……え？」

ソファに座っている勝一が、ガックリと肩を落とす。そして、それからすぐに顔を上げてスツールに座っている美優をまっすぐに見つめてくる。

「昔、美優さんと二人だけでカフェに行った日の事を覚えてる？　実は、あの次の日に、突然真子さんに呼び出されたんだ」

「姉に？」

当時、まだ真子は勝一とは接点がなく、連絡先など知らなかったはずだが……。

美優が怪訝な表情を浮かべていると、勝一が力なく笑った。

「真子は、教えてもいないのに壮一郎さんのスケジュールを把握していたんだよ。僕の連絡先を知る事くらい、何でもない事だったんだと思う」

「そうでしたね」

社交家で顔も広い真子の事だ。勝一の連絡先を調べる事など朝飯前だったに違いない。

「妹には内緒だって言われて、誘われるままに食事をして……。そんな事が何回か続いたあと付き合おうって言われた。それで、つい気持ちが揺らいでそのまま真子と恋人関係になってしまったんだ」

真子はいつの間にか勝一と関係を深め、さりげなく美優を下げるような発言をしていたようだ。

やはり、祖母が言っていた通りだった——！

姉は故意に美優と勝一が付き合う前に彼に近づき、母親はそのサポートをすべく二人の仲が深まるのを阻むような言動を取ったのだ。

「今思えば、真子は僕の経歴にだけ興味を持って、交際と結婚を決めたんだと思う。馬鹿だったよ。あのまま君と付き合っていたら、今頃は幸せな結婚生活を送れてたんじゃないかって心底後悔してるんだ」

話ながら、勝一が美優をじっと見つめてくる。

よもや、勝一からそんな事を言われるとは思ってもみなかった。美優が戸惑っていると、彼はハッとしたような顔をして、口元に作り笑いを浮かべる。

「あ、ごめん！　こんな事を言うなんてどうかしてるな」

「いえ……」

こんな時、どう言えばいいのだろうか？

美優は言葉に詰まり、もう一度壮一郎に電話をかけようと膝の上に置いていたスマートフォンを手に取った。

「美優さんっ！」

いきなり立ち上がった勝一が、美優の右手首を強く掴んだ。目が合い、一瞬だけ彼と見つめ合った。

彼の目の奥に、何か仄暗い闇のようなものを感じる——。

美優は咄嗟に勝一の手を振り払い、うしろに後ずさった。

「もう帰ってください！　ここで待っていても姉は来ないし、見つかるとも思えませんから」

思わず語気が強くなり、それを聞いた勝一がハッとしたような表情を浮かべた。

「重ね重ね、申し訳ない。つい、取り乱してしまって――」

「美優？」

その直後、玄関から壮一郎の声が聞こえてきた。

「あ……壮一郎さん、おかえりなさい」

部屋の入口を振り返る勝一をソファに残し、美優は急いでリビングを出て玄関に向かおうとした。けれど、美優が部屋を出る前に足早に廊下を歩き切った壮一郎がリビングに入ってきた。

「玄関に靴があったけど、お客様か？」

壮一郎に問われて美優が頷くと、ソファに座っていた勝一が立ち上がって部屋の入口に向き直った。

「壮一郎さん、僕です。お邪魔してます」

「ああ、勝一さんでしたか。久しぶりですね。今日はお一人で？」

表向きは和やかに挨拶を交わしている。けれど、壮一郎は何かしら感じ取ったのか、穏やかに微笑みながらも、美優の肩をしっかりと抱き寄せたまま動こうとしない。

「はい、実は真子が家を出て行ってしまいまして……。それで美優さんに相談しに来たんです。すみません、僕はもうこれで帰ります。詳しい事は美優さんから聞いてください。美優さん、真子については僕が責任を持って対処します」

勝一は壮一郎に向かって一礼すると、二人の横をすり抜けて逃げるように帰っていった。

張り詰めていた緊張が解けた途端、美優は大きくため息をついて壮一郎の身体にもたれかかった。

「美優、どうした？　大丈夫か？」

身体から力が抜けたようになり、美優は壮一郎に支えられるようにしてソファまで連れて行ってもらう。

「はい。ちょっと驚いちゃって……でも、もう大丈夫です」

美優は壮一郎に勝一がここへ来たいきさつと、彼から聞かされた姉夫婦が結婚に至るまでの話と現状を包み隠さず話した。

「それと——」

言いにくくはあったが、隠しておくわけにはいかない。

美優は勝一が真子を選んで後悔していると言った事を話し、彼に不意打ちを食らって右の手首を掴まれた事実も明かした。

壮一郎は無言のまま耳を傾け、時折難しい顔をして眉間に縦皺を寄せる。そして、美優の右手首をそっと掌で撫でながら、額にキスをしてきた。

勝一の行動に憤ったのか、彼の眉間の皺がいっそう深くなる。

「義兄でも、もう今後は勝一さんと二人きりにならないようにします」

美優がそう言うと、壮一郎の口元が少しだけ綻ぶ。

それにしても、非常識で自分勝手すぎる真子の言動は、もはや正気の沙汰とは思えない。

勝一が置き忘れていったメモを壮一郎に手渡すと、美優は唇をきつく噛みしめて項垂れた。

「また、いろいろと壮一郎さんを面倒な事に巻き込んでしまいました。それに、姉から連絡があった事を黙っていてごめんなさい。自分だけでどうにかしようとしたのに、そうできるどころか、かえってややこしくしてしまって……。本当にすみませ――んっ……」

顎を壮一郎の掌にすくわれ、背中を強く抱き寄せられたまま長いキスをされた。

いつになく熱烈に唇を合わせられ、自然と息が弾んでくる。

彼のキスが唇から首筋に移動し、耳の下に強く吸い付いてきた。思わず声が出て座りながら腰が砕けた美優の身体を、壮一郎の腕が抱き上げて自分の膝の上で横抱きにしてくる。

「悪いのは美優じゃないし、美優は僕に心配をかけまいとして黙っていたんだろう？だからもうこれに関しては、一切謝らなくていい。何があっても僕は美優を信じてるし、美優のそばにいるよ。美優も僕の事を同じように思ってくれているだろう？」

「はい、もちろんです。だから、勝一さんにもそう言ったんです」

「うん。……手首、少し赤くなってるな」

壮一郎がそう言いながら、怒りの表情を浮かべた。それからすぐに優しい顔に戻り、赤くなった手首に唇を寄せる。

「大丈夫です。痛くも何ともありませんから」

美優は、手首が赤くなったのは自分が思い切り強く勝一の手を振り払ったせいだと説明した。

「私、ついびっくりしてしまって……本当に、平気です」

「そうか。それならいいんだけど」

壮一郎はまだ納得のいかない顔をしながらも、顰めていた眉をもとに戻した。そして、美優の手首を撫でながら考え込むような表情を浮かべる。

「正直言って、真子さんの言動は普通じゃない。勝一さんはそれに振り回されて相当なストレスを溜め込んでいるように見える。なんにせよ、二人は一緒にいて少しも幸せじゃないんだろうな」

「私も、そう思います」

美優は壮一郎の胸に頬をすり寄せて、姉夫婦の顔を思い浮かべた。

「世の中にはいろいろな夫婦の形があるし、何をもって幸せとするか一概には言えない。だけど、勝一さんの様子から察するに、あの二人が本当の意味で愛し合うのは難しいような気がする」

「そうかもしれません」

それからしばらくの間、美優は壮一郎の腕の中で背中を撫でてもらっていた。

だんだんと気持ちが落ち着いてきて、ふと顔を上げて彼の顔を見る。

「壮一郎さんが無事でよかった。もしかすると、姉は壮一郎さんとどうにか連絡を取ろうとしてたかもしれません。もっと早く勝一さんと揉めていたら、出張先を訪ねたり、泊まってるホテルに行こうとしたりしてたかも……」

スケジュール表には学会の会場や宿泊先などがメモ書きされていた。仮に真子が直接壮一郎にコンタクトを取ろうとしたとしても、彼はすでに真子からの連絡をすべて拒否設定している。

他人の夫と子作りをするなどと、平気で言う真子だ。

今後はこれまで以上に危機感を持ち、何かあったらすぐに話すと決めて真子の話はいったんおしまいにした。

「じゃあ私、晩ご飯の用意をしますね」

美優は晩ご飯の用意をしようと、壮一郎の膝の上から下りようとした。だが、彼は美優の身体を腕に抱いたまま離そうとしない。

「美優を信じてる。だけど、さっき勝一さんといる美優を見て、すぐに何かあったとわかった。あの時の彼の顔には、僕に対する後ろめたい気持ちが表れてたからね」

壮一郎が今一度美優の右手首を取って、そこをペロリと舐めた。もう赤みはすっかり消えているが、そんな事をされてドキドキで顔がぽっぽと火照ってくる。

「う、後ろめたいだなんて……。あの……壮一郎さ――ん、ふっ……」

唇をそっと重ねられ、すぐにそれが濃厚なキスに変わる。カットソーの裾から壮一郎の手が忍んできて、肌を直接掌で撫でさすってきた。

背中のホックを外され、胸元の締め付けがなくなる。

美優は早々に全身を火照らせ、腑抜けたようになって彼の腕に身体を預けた。

「僕の可愛い美優には、誰にも指一本触れさせたくない。たとえ、義理の親族でも。ましてや、昔美優と付き合う寸前までいった相手だ。美優の事は心から信じてる。だけど、それはやきもちを焼くのとは完全に別物だ」

「や、やきもち……」

まさか、自分が壮一郎にやきもちを焼かせるなんて信じられない。

けれど現に彼はいつになく強引で、到底抗えないほどの男性的魅力全開で美優に迫ってきている。

「ただでさえ出張で離れ離れになっていたんだ。少しでも早く美優の顔が見たかったし、美優が恋しかった。空腹だし美優の手料理を食べたいのは山々だが、それ以上に美優自身が欲しくてたまらない。だから、晩ご飯はもう少しあとにしないか？」

首筋にゴリゴリと鼻面を押し付けてくる壮一郎が、美優の胸の膨らみを掌で包み込んだ。

今の彼は愛おしい大型犬であると同時に、この上なくセクシーで魅惑的な夫でもある。そんな彼の提案を退けるなんて選択肢があるはずがない。

美優はこっくりと頷くと、ソファの上に押し倒してくる壮一郎の背中にそっと腕を回すのだった。


七夕が近づき、「エルフィこども園」の入口に大きな笹飾りが据えられた。枝にはすでに園児達の願い事を書いた短冊や、折り紙で作った笹飾りがたくさんぶら下がっている。

「美優先生が描いた織姫と彦星、すごくいいわ～。園児達も喜んでるし、保護者の方からも大好評よ」

廊下に貼られた七夕にちなんだ絵は、美優が空き時間を利用してコツコツと描き進めた力作だ。

「ありがとうございます！」

園長に褒められ、美優はにこやかに笑った。

大きな白い紙に絵の具で描いた夜空に、天の川が流れている。川を挟んで立っている丸顔の織姫と彦星は、別の紙に描いたものをピンで留めているだけだからどこにでも動かせる。

天気予報によれば、今のところ七夕当日の夜は晴れるらしい。もし雨でも、「エルフィこども園」の織姫と彦星は必ず会って手を繋ぐ予定だ。

「美優先生、おはようございます」

週明けの月曜日の朝、美優が園児を出迎えていると遥奈がニコニコ顔で登園して来た。つい先週まで登園を渋っていた遥奈が笑顔なのは、母親が里帰り出産から戻ってきたからだ。

看護師の母親はまだ育児休暇中で、現在は実母が自宅に手伝いに来てくれているらしい。そのため、しばらくの間は彼女が遥奈の送り迎えをすると事前に連絡をもらっていた。

「佐藤さん、おはようございます。遥奈ちゃん、おはよう」

「おはようございまぁす！」

打って変わって元気な声を出す遥奈を見て、美優は顔中を笑みでいっぱいにした。

「遥奈ちゃん、ママが一緒で嬉しいね。遥奈ちゃんは、ずっとお留守番して偉かったもんね」

「うん！」

褒められた遥奈は、母親と手を繋いだままぴょんぴょんと跳び上がって喜んでいる。

遥奈の声を聞きつけて、すでに登園していたほかの園児が廊下の向こうから顔を出した。

「遥奈ちゃん、お友達が呼んでるよ。ママにバイバイしようか」

美優が訊ねると、遥奈は少し迷いながらも、笑顔で母親に手を振った。

「遥奈、またお迎えの時に来るからね」

母親に見送られて、遥奈がほかの保育士とともに廊下向こうに歩いていく。

「佐藤さん、ご出産おめでとうございます。いろいろとたいへんだったと伺ってます」

「そうなんですよ。急に帝王切開になってしまって」

美優は少しの間遥奈の母親と立ち話をして、彼女から連絡帳を手渡してもらった。

「夫から私がいない間の事は詳しく聞いてます。いろいろと気遣っていただいてありがとうございます。連絡帳の記入欄からはみ出るほど詳しく書いてもらって、本当に助かりました！」

お昼の時の寝ぐずりや園庭で遊ぶ時のぼんやりとした様子など、美優は遥奈の園内での日々をできる限り詳細に連絡帳に書き記した。

園での様子は父親の佐藤を介して母親に伝わっていると聞いていたし、彼女はきっと離れて暮らす娘が気がかりで仕方がないはずだ。そうであれば、自分は少しでも一家のサポートになる事をすべきだと思い、連絡帳に紙を足してまで記入したのだ。

「詳しく書きすぎて、かえって気を揉ませてしまったんじゃないかと思ったんですけど――」

「いいえ、そのほうがだんぜんよかったです。うちの夫に聞いても、今ひとつ様子がわからなくて、モヤモヤしっぱなしだったからすごく助かりました。うちの夫、前は連絡帳を見た事もなかったんですよ」

彼女は、登園日は毎日夫に頼んで連絡帳に書いてある事を読み上げてもらっていたらしい。夫婦は連絡帳を通じて遥奈の園での生活を知り、電話でいろいろと話し合いをしたようだ。

「今回じっくりと目を通すようになって、はじめて遥奈が毎日保育園でどんな事をしてるのか知ったって感じで。それで、自分がいかに育児に参加してこなかったかを思い知って反省したみたいです」

遥奈の母親が可笑しそうにクスクスと笑う。

「そうでしたか。お役に立てたみたいでよかったです」

「離れて暮らしてみて、それぞれが家族の大切さを再確認できた気がします。美優先生、これからも遥奈をよろしくお願いしますね」

「はい、こちらこそよろしくお願いします！」

保護者から信頼を寄せられるのは、保育士にとって喜びでしかない。モチベーションも上がるし、やりがいを強く感じる。

美優は帰っていく遥奈の母親を見送りながら、握りこぶしを作って小さくガッツポーズをした。


その日の夜、美優は壮一郎に誘われて自宅で彼と一緒に風呂に入る事になった。

まだまだ新婚だし、未だに夜同じベッドで寝る時に胸がドキドキして困るくらいなのに、大丈夫だろうか？

「途中で、のぼせちゃうかもしれませんよ？」

そんな心配をする美優を、壮一郎は優しく言い聞かせてバスルームにいざなってくれた。

「僕がついてる。それに、少し湯をぬるめにしておいたから大丈夫だ」

彼は不安がる美優をなだめすかし、あえてあっけらかんとした表情を浮かべながらあれこれ気遣いを見せてくれた。

それはまるで、はじめての事をやるのを躊躇する園児を諭すベテラン保育士のようで、美優は夫の知られざる素質を知って密かに笑ってしまった。

しかし、そもそも美優は一人で入っていてのぼせてしまうようなヘマをやらかしているのだ。ここは慎重に行動して、せっかくの夫婦の時間を台無しにしないよう気を付けねばならない。

（そ、それにしても、緊張するっ……）

壮一郎に促されて、先に美優がバスルームに入り、かけ湯をして湯船の中に入った。それからすぐにやって来た壮一郎が浴槽の横に腰かける。かけ湯をして、美優の背後に回り込むようにして湯船の中に入ってきた。

面と向かっているわけではないから、その分恥ずかしさは軽減されている。けれど、背中に壮一郎の胸や腹の筋肉を感じて、にわかに呼吸が速くなった。

「今日もお疲れ様。佐藤の奥さん、今日から遥奈ちゃんの送迎をしてるそうだね」

「そうなんです。遥奈ちゃん、見違えるほど元気になって登園してきました。生まれたばかりの弟の事も可愛がってくれてるみたいです」

「それはよかった。佐藤も二児のパパになったって張り切ってるよ。それと、美優が書いた連絡帳のおかげで、いろいろと助かったって言ってた」

「今日、奥さまからもそう言っていただきました。役に立てたんだとわかって、すごく嬉しかったです」

話す美優の身体を、壮一郎がうしろからゆったりと抱き寄せてきた。身体が密着し、途端に全身の肌が粟立って頬がジンジンと火照り出す。

「子供って一人一人違うから、毎日が試行錯誤なんです。いくら頑張ってもママの代わりにはなれない。遥奈ちゃんはママがいない間にいろいろな感情と戦ってました。本当に偉かったし、それを伝えようとしたら長文になってしまって」

「佐藤が、あれだけの文量を書くのはたいへんだっただろうなって言ってたよ。それでちょっと考えてみたんだが、『エルフィこども園』に保育の業務支援ツールを導入するっていうのはどうかな？」

「保育の業務支援ツール、ですか？」

美優が首を傾げると、壮一郎が詳細をざっと説明してくれた。

「導入すれば、事務作業のデータ化ができるから、今手書きで書いている連絡帳や園だよりにかかっている時間が大幅に減る。登降園の管理や保護者とのやり取りもタブレットやスマートフォンでできるようになるから、保育士だけじゃなく保護者の負担も軽くなるはずだ」

そのほかにも、園内で扱う帳票や行事予定などを一括管理できるし、園児の保育状況の共有により振り返りも容易になるという。

「負担が軽くなった分、保育士は園児に時間をかけられるし、保護者も休みや延長保育の電話をかけたりせずに済む。もちろん、操作に慣れるまで不便を感じるかもしれないが、園児のためを思えば導入を検討してもいいと思う」

「それ、いいですね！」

美優は湯の中でくるりと身体を反転させて、壮一郎と向かい合わせになった。

「導入すれば、お迎えに来る人の変更とか、そのほかの連絡が取りやすくなりますね。電話や紙のやり取りだと、聞き漏れがあったり失くしたりする事があって何かとたいへんで……。それがなくなったら、すごく楽になると思います！」

データ化してものちに紙として残せるし、緊急連絡にも素早く対応できるようになる。ほかにも、昼寝の見守り補助やアプリを使ってのコミュニケーションサービスもあるようだ。

「そうか。じゃあ、園長にも話を通してから、一度専門業者に連絡をして詳しく話を聞けるよう手配しよう」

「はい、お願いします！」

つい興奮して、気が付けば二人の距離がかなり近づいていた。ハッとしてうしろに下がろうとするも、腰に手を回されていてそうできない。立ち上がって逃げようにも、湯から出れば裸を見られてしまう。

「あの……壮一郎さん、そろそろ湯から上がらないと……」

美優は自分を見つめてくる彼の顔を見つめ返しながら、湯の中でもじもじした。

「のぼせると困るから上がるとするか。美優、せっかくだから僕が身体を洗ってあげるよ」

「えっ……そ、そんな……事をしたら、もっとのぼせちゃいますっ！」

あわててジタバタする美優を、壮一郎が抱き寄せて動けなくしてきた。子供を望んでいるのだから、チャンスは多いほうがいいに決まっている。

美優は覚悟を決めて湯の中で腰を浮かせると、壮一郎の肩に腕を回して彼の唇に自分からキスをするのだった。

第三章　ジレジレの妊活ライフ

　八月は夏季休暇の時期と重なるため、登園する園児の数も日によってかなり変動がある。盆休み中は特にそうで、園児の人数によって保育士も出勤のスケジュールを調整していた。

　日曜日の午後、美優は予定通り実家を訪ねた。

　毎回の事ではあるが、両親には来た時に挨拶をするのみで、あとはずっと祖父母がいる東側の家で過ごす。

　同じ敷地内に建つ二軒の「沢田」家の間は五メートル離れており、間にヒイラギの生垣（いけがき）がある。

　それを植えたのは母親の理恵（りえ）だ。

　生垣は年々成長して高くなり、今や隣に住む祖母の克子（かつこ）の背丈を超えるまでになっている。

　それはまるで嫁姑の関係性を表しているかのようでもあるが、毎年植木屋に頼んで綺麗に刈り込んでいるのは克子の役目だ。

『そろそろ、居心地がいいほうに行ったら？』

そう言って毎回美優を追い立てるのは理恵であり、父親の昭(あきら)はおろおろするばかりだった。

今日も同じように両親のいる西側の家のインターフォンを鳴らし、手土産だけ渡して祖父母のもとに行くつもりでいた。

けれど、なぜか今日に限って家に上がるようにと言われ、玄関のドアを開けて中に入る。

（これ、お姉ちゃんの靴だ）

タイル張りの土間にある自分よりも小さいサイズのパンプスを見つけて、美優は真子が来ている事を悟った。

頭の中に姉が言った言葉やメモ書きの文字が思い浮かび、靴を脱ごうとしていた足が止まる。

真子とは自宅に突然訪ねてこられて以来会っておらず、一度も連絡も取り合っていない。当然向こうからは何の説明もなく、何もかもうやむやのまま。

祖母からの情報によれば、真子の家出は結局一週間にも及び、その間は友達の家に泊まって連日遊び歩いていたみたいだ。

勝一とも真子の一件で会ったきりで、祖母も知らないとなると姉夫婦の仲がどうなっているのか美優には知る由もなかった。

「何してんの？　早く上がれば？」

美優が脱いだ靴を揃えていると、背後から聞き慣れた声が聞こえてきた。

立ち上がりざまに振り向くと、真子は美優を見下ろしながら口元に歪んだ笑みを浮かべている。

「お姉ちゃん、久しぶりだね。元気だった？」

美優の問いかけにフンと鼻を鳴らすと、真子は踵を返してリビングに戻っていく。

それと入れ替わりで、昭が廊下向こうからやって来て美優を出迎えてくれた。

「美優、よく来たな。元気だったか？　壮一郎さんはどうだ？」

「うん、二人とも元気だよ。お父さん、腰の具合はどう？」

美優は昭とは時折ＳＮＳで連絡を取り合っており、先日メッセージをやり取りした時に腰痛で接骨院に通っていると聞いていたのだ。

「だいぶよくなったよ」

「そう、よかった」

短い会話が終わり、昭と前後してリビングに入った。十二帖の部屋は畳敷きで、中央には横長の座卓テーブルが置かれている。

美優が声をかけて中に入ると、ちょうどキッチンから出てきた理恵と目が合い、抑揚のない声で「いらっしゃい」と言われた。

美優が持参した手土産入りの紙袋を理恵に渡すと、すぐに真子が横から手を出して袋の中を覗き込んだ。

その平然とした様子は、まるでここ数カ月の虚言や迷惑行為などなかったかのようだ。ひと言何か言おうにも、父母がいるからそうもできない。

それに、下手に蒸し返して逆切れされたら、たまったものではなかった。

「美優、相変わらず妊活してるの？　それとも、もうできたとか？」

「妊活は続けているけど、妊娠はまだなの」

「へえ〜。下腹がポッコリしてるから、てっきりできたのかと思っちゃった」

真子が美優の腰回りをジロジロと眺め、呆れたような表情を浮かべる。

確かにウエストが細いとは言えない。けれど、妊娠を疑われるような事を言われたのはこれがはじめてだ。

（失礼しちゃう！　そんなにポッコリしてませんけど！）

美優は心の中で呟き、菓子箱の包装紙をビリビリと破る真子から視線を逸らした。

「今日は壮一郎さんも来ると思ったのに、会えなくて残念だわ」

美優と一緒に来るはずだった壮一郎だが、出かける直前に担当患者の容態が急変したとの連絡が入り、来られなくなったのだ。

「勝一さんも、今日は仕事なの？」

「さあ？　朝起きたらいなかったから、そうなんじゃないの？」

美優の問いかけに、真子がいかにも面倒くさそうに返事をする。

「ほら、ほうじ茶を淹れたからみんなで飲みましょ」

理恵の一声で四人がテーブルを囲み、真子が洋菓子の入った箱をわがもの顔で皆の真ん中に置いた。

「エクレアか。私、シュークリームのほうが好きなんだけど」

美優の正面に座っている真子が不満げな声を出し、理恵がそれに同調する。

「そうか？　お父さんはエクレア、大好きだぞ」

こういう時はいつも黙ったままの昭が、めずらしくそう言って真っ先にエクレアに手を伸ばした。真子の隣にいる理恵が、すぐに眉根を寄せて昭を睨みつける。

来て早々の重苦しい空気に、美優は早くも祖父母宅に逃げ出したくなった。

「マタニティチェックでは問題なかったのにまだできないとか、あんたってよっぽどポンコツなのね。きっと、夫婦としての相性も悪いんじゃない？」

真子がほうじ茶を啜りながらエクレアをひと口齧った。

（ほら出た。いつものトゲトゲ言葉。そういう言い方しちゃダメだって幼稚園で習ったよね？）

理恵がお茶を飲みながら頷き、その隣で昭が気まずそうに横を向いた。

両親と姉と話す時は、いつも今と同じような展開になる。

だから、別に驚かないし、いちいち傷ついたりもしない。けれど、今一番気になっている事を好き放題に言われて、さすがに気持ちが一気に沈んでくる。

「ああ、そうだ。お母さん達にはもう言ったんだけど、実は私、今妊娠してるの。先週『クリスタルマタニティクリニック』に行ってわかったのよ。知ってるでしょ？あそこって赤ちゃんを産むには最高の病院だもの」

「クリスタルマタニティクリニック」は、都内でも有名なセレブ御用達の産院だ。

優秀な産婦人科医がいるのはもちろんだが、入院中の食事は専属のシェフが作る特別なコース料理で、エステサービスもあるらしい。

「そうなんだね。おめでとう」

先日、勝一から妊娠しにくいと聞いていたが、杞憂で済んだのだろう。

美優は素直な気持ちで真子に祝福の言葉をかけ、予定日はいつなのか訊ねた。

「来年の三月よ。性別はまだわからないけど、私に似た可愛い子が生まれるに決まってるわ。赤ちゃんができるって最高の気分よ。生まれるのが今からすっごく楽しみ！　お腹の子のパパも心から喜んでくれてるし、私って本当に幸せ者だわ～」

真子が立ち上がり、これ見よがしにワンピースのお腹を両方の掌でさすった。

いつもはスタイルのよさがわかるタイトな服ばかり着ているのに、今日の真子はゆったりしたロングワンピース姿だ。

「ねえ、いっその事もう妊活なんてやめたら？　壮一郎さん、本当は乗り気じゃないんじゃない？　それに、もうよそで子作りを済ませてるかもだし。ねえ、ベビーちゃん」

真子がそう言いながら、これ見よがしにお腹を撫でる。

あえて明言せず、それでいてやけに思わせぶりな言い方をするのは、ぜったいにわざとだ。

（今の言い方って……。この期に及んで、まだ壮一郎さんを巻き込もうとしてるの？）

美優は唇を噛みしめて激しく憤った。

さんざん人の家庭を巻き込んで自分勝手な振る舞いをしたのに、まだ足りないのだろうか？

今まで真子に何を言われてもスルーして、同じ土俵に上がらないようにしてきた。

けれど、さすがに今の発言は腹に据えかねる。

ひと言言い返そうと口を開こうとした直後、昭がゴホンと大きく咳払いをした。

「真子、今の言い方はよくないぞ」

めったに口を挟まない昭にたしなめられ、真子の顔が途端に険しくなった。その豹変ぶりは、怖いくらい母親そっくりだ。

「なんで？　可能性はゼロじゃないでしょ！」

「そうよ。真子は別に悪気があっていったわけじゃないんだから」

真子と理恵に睨まれ、昭はそれ以上何も言わなくなる。父親にとって、この家で気が強い妻と長女に歯向かうような事を言うだけでも、相当の思い切りが必要だったはずだ。

（お父さん。ありがとう）

美優は心の中で礼を言い、飲みかけのお茶を一気に飲み干して立ち上がった。

「お茶、ごちそうさま。私、そろそろ向こうの家に行こうかな。お姉ちゃん、身体大事にして無事に赤ちゃん産んでね」

予想通り、真子にかけた言葉に返事はない。

自分がお茶の席に招かれたのは、真子の妊娠を本人から直接伝えるためだったのだろう。

(それと、私の心にたくさんの棘を刺すためかな?)

そんなふうに思ってしまい、美優はあわててネガティブな考えをしてしまった自分を諫めた。

とにかく、用が済んだのなら自分はもうここにいる必要はない。

美優は顔を上げて腰を浮かせる昭に微笑みを投げかけると、リビングを出て玄関へと急いだ。


両親の家を出たあと、美優は祖父母宅に行って夕方まで過ごした。

隣とは打って変わって和やかな雰囲気に包まれたそこは、美優にとって幼い頃から心の避難所のような存在だ。

両親の家から祖父母宅を訪れた時の美優の顔は、相当強張っていたのだと思う。

祖父の源三(げんぞう)は美優が来たのをいつも以上に喜んでくれたし、克子は顔を見るなりそばに来て背中を優しく撫でてくれた。

（おじいちゃんもおばあちゃんも、いつもああやって何かあるたびに私に寄り添ってくれるんだよね）

美優が小さな時から、祖父母は下の孫娘が本当に笑っているのかそうでないのか的確に見分けてくれた。

大人になった今も、何も言わなくても顔を見ただけでわかってくれる。

本当は、真子にひどい言葉を投げつけられた時に言い返したかった。けれど、そうしたところで、もっと傷つけられるだけだ。

それは幼い頃から身をもって知った現実であり、美優が日頃の明るい笑顔の奥底に封じ込めた真実だった。

「あ〜やだやだ！　私ったら、いつまでネガティブ思考を引きずってるの？」

祖父母宅から帰宅した美優は、どっと押し寄せてくるような疲れを感じて、帰るなりソファの上に身を投げ出した。

いつもなら、祖父母に会って談笑するだけで気持ちは元通りになっていただろう。

しかし、今回ばかりはそうはいかなかったみたいだ。

真子に投げつけられた棘は、いつまでも心に刺さったまま。気が付けばいつの間にかソファの上で丸くなったまま横になり、ぼんやりしていた。

（赤ちゃん、なかなか来てくれないなぁ）

妊活は連日のように頑張っている。けれど、毎月のものは周期を守りつつ定期的にやって来た。

そのたびに美優は少なからず落ち込んでしまう。

むろん、公私はきちんとわけているし、園児の前ではいつもニコニコ笑顔の美優先生だ。子供はまだいないけれど、美優はこれでも保育のプロであり、日々保育士として自分の仕事に誇りを持って子供達に接している。

「ただいま」

ソファの背もたれの向こうから、ふいに壮一郎が顔を出した。

「わわっ……そ、壮一郎さん、おかえりなさい！　ごめんなさい、私ったらぼんやりしてて――きゃっ！」

仰向けに寝ころがったままの格好で目が合い、びっくりしてソファから転げ落ちそうになった。

咄嗟に伸びてきた手に助けられ、事なきを得る。

起き上がろうとした身体を、そばに来た壮一郎がそっと押し留めてきた。

「今日は実家に行ってきたんだろう？　その様子からすると、もしかして何かあった?」

壮一郎が美優の肩から上を持ち上げた。そして、頭をソファに腰かけた自分の膝の上に載せる。

上から優しく見つめられ、額にかかっていた髪の毛をそっと指で払ってもらう。昔、まだ子供だった頃に祖母にそうされた事があったが、大人になってからの膝枕ははじめてだ。

一気に気持ちが切り替わり、美優はほんのりと頬を染めながらにっこりする。

「姉に赤ちゃんができたそうです。予定日は来年の四月だって言ってました」

「そうか。それはおめでたいね。ふむ……その顔からすると、もしかして、また何かおかしな事を言われたとか?」

「はっきりと言われたわけじゃないんですけど——」

美優は真子の思わせぶりな妊娠報告を、そのまま壮一郎に伝えた。彼は呆れたような表情を浮かべて、美優の頬をそっと掌で撫でた。

「姉の件でまた不愉快な思いをさせちゃいましたね」

美優が申し訳なさそうな顔をすると、壮一郎が微笑んで首を横に振った。

「僕なら平気だ。それに、お腹の赤ちゃんは、普通に考えて勝一さんとの間にできた子供だろう？」

「そうだと思います」

仲睦まじいとは言いがたいが、曲がりなりにも夫婦なのだ。いくら真子でも夫を裏切るような真似はしないと思いたいし、そう信じている。

「そうか。しかし、『よそで子作りを済ませてる』とは、ずいぶんな言われようだな。いったい真子さんは僕をどういう男だと思っているんだろうね」

壮一郎が小さく笑い声を漏らし、美優もつられて同じように笑った。こんなふうに笑い飛ばせるのは、二人がお互いを信じていると確信できているからこそだ。

「たぶん、数え切れないほどの恋愛遍歴があると思ってるんじゃないかと……」

彼は実際にモテていたし、人づてに聞いたところによると何度となく告白され、結婚前は両親や親戚からはもとより、あちこちから好条件の見合い話が殺到していたらしい。

美優がその話をすると、壮一郎が困ったような顔をする。

「確かに何度か交際を申し込まれた事があるし、見合い話もあった。だけど、すべて断ったし、そもそも好きでもない人と付き合うなんて僕にはできない」

壮一郎が言うには、近づいてきた女性達は皆強引と言っていいほど積極的なアプローチをしてきたようだ。好意を持っていない異性からしつこくつきまとわれ、中にはストーカーまがいの事をする女性までいたのだという。

その結果、壮一郎はちょっとした女性不信になってしまい、恋愛に消極的になる一方だったようだ。

「僕にはやりがいのある仕事があるし、別に一生独身でもいいと思ってた。だけど、美優に出会って生まれてはじめて女性を好きになったんだ。あの頃は、美優とどうやって知り合えばいいのか――仕事の時以外は、そんな事ばかり考えてた」

壮一郎が美優を抱き起こし、自分の膝の上に横抱きにする。

「美優は僕の初恋の人であり、はじめて愛した女性だ。それに、僕のはじめてを捧げた人でもあるしね」

壮一郎が美優の顔を見つめながらニヤリと笑う。それまでの真面目な顔が、急に蠱惑的な誘惑者のそれに代わる。

美優はすっかり圧倒され、彼の腕の中でたじたじとなって目を瞬かせた。

いつだって完璧で外見も中身も申し分ない夫である壮一郎だが、今の彼は度を超した魅力を放っている。

男性的で今までにないほど強い雄の熱量を感じさせられ、まるでセクシーな魅力全開の獅子に魅入られた子ネズミにでもなった気分だ。

「そ、それなら私だって同じですっ……。壮一郎さんが私の初恋の人で、はじめて愛した男性です。それに私のはじめても捧げ――ぁ、ふ……」

優しく抱き締められ、身動きが取れなくなる。

ソフトタッチなのに、この上なく獰猛な壮一郎のキスに我を忘れた美優は、小さな吐息を漏らしながら彼の深い愛情を全身で受け止めるのだった。


近所の神社で毎年開催される夏祭りが開催され、駅からの道を浴衣姿の人達がぞろ歩いている。

ここ数日オペが立て込んでいた壮一郎だったが、ようやく三日連続の休みをもらえた。美優もそれに合わせて仕事を調整し、有休を取った。そして連休最終日である今日は、ゆっくりできる朝を迎えていた。

朝は少し遅く起きてブランチを食べ、午後になってから夫婦揃って車で壮一郎の実家に向かう。

「連休だったのに、結局どこにも行けなくてすまなかったね」

運転中の壮一郎の横顔に、申し訳なさそうな表情が浮かぶ。濃紺のポロシャツ姿の彼は、連日の激務にもかかわらず精悍でこの上なく爽やかだ。

「私は平気ですよ。でも、壮一郎さんこそ毎晩遅くまでお仕事で疲れが溜まってるんじゃないですか？」

普段の休日と同じで、連休中は医師もシフトを組んで休みを取る。しかし、出勤予定だった医師が急遽家庭の事情で二日間休む事になり、その代わりに壮一郎が駆り出された。そのため、実質三日間の休みは連休ではなくなり、昨夜も帰宅が遅くなって、帰宅するなりシャワーを浴びてベッドに直行していた。

日夜患者のために身を粉にして働いている壮一郎を、美優は心から誇りに思い尊敬している。朝は多少ゆっくりできているが、こうも忙しくては彼自身の健康が心配になってしまう。

そんな事もあり、美優はできる限り彼の疲れが取れるように、あれこれと気を配っていた。

「僕は大丈夫だ。帰れば美優がいてくれるだけで疲れなんか吹っ飛ぶよ。美味しい料理を作ってくれたり、マッサージしてくれたり、いろいろとしてくれるのは本当にありがたいと思ってる。でも、無理はしないでくれよ」

「無理なんかしてないです。連休中だから料理にはいつもより時間をかけられるし、マッサージは動画を見て見よう見まねです」

「それでも、夕べはそのまま寝落ちしてしまうくらい気持ちよかったよ。料理もそうだけど、マッサージにも美優の気持ちがこもっているのが、すごくよくわかる。ありがとう、美優」

「いいえ、喜んでもらって何よりです」

信号が赤になり、壮一郎が助手席を振り返った。にっこりと微笑みかけられ、美優の顔に照れたような笑みが浮かぶ。

美優にしてみれば、自分がそうしたい事をしているだけだ。壮一郎は、それをひとつとして見逃さず、ちゃんと言葉にして感謝してくれる。

彼ほど理想的な夫が、ほかにいるだろうか？

幸せすぎて、美優は久しぶりに自分の頬をつねりたくなった。

あとは、お腹に赤ちゃんが来てくれたら言う事はないのだが、これぱかりはなかなか思うようにはいかないようだ。

（今月もまたダメだったなぁ。妊活って、思ったよりも難しい……）

壮一郎は積極的に子作りをしてくれるし、美優も精一杯努力している。

妊活中の美優のために同僚は旅行先で子宝のお守りを買ってきてくれたし、子持ちの友達は着床率を上げるストレッチを教えてくれた。

真子に言われた事も多少影響しているのか、この頃の美優は少しばかり焦りを感じていた。

壮一郎は一人息子であり、決してせかされているわけではないが、彼の両親も孫の誕生を心待ちにしているはずだ。

壮一郎の妻になったからには、その期待にも応えたいし、何より美優自身が妊娠を強く望んでいるのだが……。

「美優、どうかしたか？　もしかして気分が悪くなったとか？」

「いいえ、大丈夫です。ただ、ちょっと緊張してしまって」

「岩沢総合病院」の院長を務める義父の歩はもちろん、理事を務めている義母の千穂も日頃から何かと忙しく、義実家に行くのは実に五カ月ぶりだ。

もっとも、美優は以前壮一郎が提案してくれた保育の業務支援ツールを導入の話が進み、その件で、院長夫妻とは何度か顔を合わせている。

つい先日も、千穂が委託業者の担当者とともに見積もりを兼ねて「エルフィこども園」の視察に来た。

華道家でもある彼女は社交家で、人一倍コミュニケーション能力が高い。美人だし、院長夫人としての風格も兼ね備えている。

将来的に「岩沢総合病院」の院長になる壮一郎の妻として、千穂は美優が見習うべき人であり憧れの女性だ。

「岩沢のお義父さんとお義母さんって、仲がいいですよね」

「そうだな。二人とも温厚だし、喧嘩らしい喧嘩はした事がないんじゃないかな」

美優が知る義両親は、いつも機嫌がよく目が合えば微笑み合っているような円満夫婦だ。

もちろん、傍から見るだけではわからない関係性もあるだろう。そうであっても院長夫妻は美優にとっての手本であり、将来的にはあんなふうになりたいと思う夫婦の鑑だった。

そんな理想像に一歩でも近づきたいと思うし、彼らに一日でも早く孫の顔を見せてあげたい——。

美優は無意識に下を向き、両手でそっとお腹をさすった。その上に、壮一郎の左手が重なってきた。

「真子さんに言われた事、まだ気にしてるのか?」

「気にしてないと言えば、嘘になります。でも、まだ結婚して半年も経っていないし、焦っちゃいけないってわかってるんですけど……」

「美優は女性だから、男の僕以上に気を揉んでしまうんだろうな。だけど、きっと大丈夫だ。焦らずに、ゆっくり赤ちゃんが来てくれるのを待とう」

「はい」

壮一郎の思いやりのある言葉が、沈みそうになっていた美優の気持ちを一気に浮き上がらせてくれた。

「それに、もし授からなくても、僕は美優がいてくれるだけで十分幸せだよ」

「私も、壮一郎さんがいてくれるだけで十分すぎるほど幸せです」

ブライダルチェックでは問題なかったのだから、時期が来ればきっと授かるに違いない。それでも、月のものが来るたびにがっかりするし、その度合いはだんだんと強くなる一方だ。

壮一郎は、きっと美優の気持ちを考えてそう言ってくれているのだろう。それがありがたくて、自然と頬が緩んでくる。

二人がにっこりと微笑み合ったところで、信号が青に変わった。

壮一郎が再び前を向いて、ハンドルを握る。それから間もなくして義実家に到着し、美優は緊張の面持ちで夫とともに院長夫妻の歓待を受けた。

義実家は古くから続く閑静な住宅街の一角に建っており、レンガ造りの建物は周りの家々よりも一回り大きく庭も広い。

屋内はさながら小さな美術館のように天井が高く、全室バリアフリーになっている。住んでいるのは夫婦二人だけで、家事は通いの家政婦がすべて請け負っていると聞いた。

白で統一されたリビングに通され、長テーブルを囲むソファに二組の夫婦が向かい合って腰かける。

美優が手土産の和菓子を渡すと、千穂がさっそくそれを開けるなり手を叩いて大喜びをした。

「なんて綺麗なお菓子なの。まるで夏の夜空を切り取ったみたいね！」

青と紫のグラデーションが美しいそれは、老舗和菓子屋の夏の新作だ。

「いいわねぇ。壮一郎ったら、美味しくても見た目が地味なお菓子ばっかり買ってくるのよ。さすが若い女性が選ぶお菓子は可愛くて華やかだわ。今度の教室で、これと同じものを出そうかしら」

自宅の一画で稼働教室を開いている千穂が、嬉しそうにはしゃいだ声を上げる。

間もなくして運ばれてきたお茶を飲みながら話すうちに、「エルフィこども園」の話題に移った。

現在、園では業務支援ツール導入のデモを行っている段階で、美優は機械音痴の園長に代わりに、事務室で業者からのレクチャーを受けながらタブレットやアプリを使ってみている。

ひと通りその件について話し終えたあと、歩が美優のほうに向き直った。

「業務支援ツールの導入の件だけど、今後は美優さんが責任者になって業者とのやり取りをしてくれるかな？」

「わ、私がですか⁉」

「美優さんは導入の利便性をよく理解しているし、適任だと思うんだ」

「私もそう思うわ。導入後も最初は慣れなくて多少の混乱があると思うから、その辺りも上手く先生や保護者の方々をリードしてあげてほしいの」

美優は一瞬躊躇した。今までこんな大役を仰せつかった事はないし、園の同僚達は皆美優よりも年上で保育士歴も長い。

むろん、保育に対する熱意だけは人一倍熱いと自負しているし、園のためになる業務支援ツール導入の件は何としてでも成功させたいと思う。

美優は戸惑いながらも、責任者になる決心をした。

「わかりました。やるからには、ぜったいにきちんとやり遂げて、皆さんに導入してよかったと言ってもらえるよう頑張ります」

「おお、その意気込み、素晴らしいね」

歩と千穂が同時にパチパチと手を叩き始める。横を見ると、壮一郎が微笑んで頷いてくれた。

話は盛り上がり、その後は病院拡張に伴う「エルフィこども園」の増設工事の話になった。ディスカッションの結果、壮一郎の提言により兼ねてからの計画よりさらに前倒しして医師の増員を図ろうという流れになる。

「確かに、うちは年々患者数が増えていて医師のほとんどがオーバーワーク気味だ。できるだけ早く理事会を招集して決議するとしよう」

「わぁ、よかった！」

美優は思わずソファから立ち上がって拍手をした。その直後、三人の視線が自分に集中しているのに気づき、あわてて腰を下ろす。

「す、すみません」

美優が小さくなっていると、千穂が軽やかな笑い声を上げた。

「美優さんの気持ち、よくわかるわ。私も昔、歩さんが毎日ヘトヘトになって帰って来るのを心配した覚えがあるもの」

千穂曰く、かつてまだ歩の父親が院長だった頃、医師は今よりもかなり少なかったらしい。その後大幅な増員がなされたが、それまでは歩もまた今の壮一郎のように急な呼び出しに追われる日々を送っていたようだ。

「夜遅く帰って来たりすると、お手伝いさんが作っておいてくれた晩ご飯を温めて出すの。でも、私って本当に料理が苦手で、よくお鍋を焦がしたり、せっかくの料理を台無しにしたりしてたものだわ」

千穂がチラリと斜めうしろを振り返り、ちょうどそこを通りかかった同年代らしきお手伝いさんと笑顔で視線を交わした。

「美優さんは本当に偉いわね。保育園の仕事をきちんとした上で、家事も完璧にこなしてるんですもの」

「完璧だなんて……私はただ、自分にできる事をしているだけです。それに、仕事でものすごく忙しいのに、お皿洗いをしてくれたり洗濯物を畳んでくれたりして、壮一郎さんにはいろいろと助けてもらっていて——」

「ごほっ！」

お茶を飲んでいた歩が、突然せき込み始める。その背中を千穂がトントンと叩き、クスクスと笑い出した。

「私達夫婦は家事に関しては、まるでダメだわ。ねえ、あなた」

「う、うむ」

千穂曰く、自宅にいる時の歩は手のかかる子供のようなところがあるらしい。ところかまわずものを広げて、出したものは出しっぱなし。千穂が再三小言を言ってもこれだけは治らないようだ。

「ある意味、両親は僕の反面教師だったからね。おかげで、一応家事全般こなせるようになったってわけだ」

三人が愉快そうに笑うのを見て、美優は胸に暖かいものが広がるのを感じた。

（こんなふうに笑い合える家族って、いいな）

物心ついた時から母親に距離を置かれていた美優にとって、義両親と壮一郎の関係は理想的な家族の在り方そのものだった。

一時は自分には一生無縁のものだと諦めていたが、壮一郎と結婚したおかげで新しく家族を作る事ができた。その上、義両親は美優を一人息子の妻としてだけではなく、家族として迎え入れてくれている。

ことに千穂の優しさは実母からの愛情を知らずに大きくなった美優にとって、心に染みるものだ。

「美優さん、実は今日あなたにプレゼントがあるの。一緒に来てくれる？」

いそいそと立ち上がる千穂に連れられ、美優はリビングを出て廊下の突き当たりにある六帖の和室に向かった。

そこに用意されていたのは、青地に牡丹の花模様の浴衣だ。

「これ、親しくさせてもらっている人に縫ってもらったの。生地を見せてもらった時に、これは美優さんに似合うってピンときたものだから。どう？　よかったら袖を通してみない？」

「はい、喜んで！」

浴衣を着るのは子供の時以来だし、見せられたのは誰が見てもわかるほど高級感に溢れている。

（こんな立派な浴衣、見た事がないかも……）

美優は若干気後れしつつも千穂に浴衣を着つけてもらい、壁に埋め込まれた鏡の前に立った。牡丹の花は大ぶりで、帯は浴衣に合わせた落ち着いた白磁色だ。

少し大人っぽすぎると思ったが、意外とぴったりと似合っている。

「素敵……」

美優が思わず呟くと、千穂が嬉しそうににっこりする。

「気に入ってくれた？」

「はい、とっても。着心地もいいし、色合いも柄もバッチリです」

「そう？　嬉しいわぁ。やっぱり女の子っていいわね。男の子だと、こうはいかないもの。浴衣を着た美優さん、一段と可愛らしいわね」

「ありがとうございます」

華道家という職業柄、千穂は普段から和装でいる事が多い。そんな彼女から褒められて、美優は大いに照れながら素直に喜んでニコニコと笑った。

「私、本当は子供は何人でも欲しかったし、壮一郎を産んだあと二人目は女の子がいいなって思ってたのよ」

二人目を望んでいた義両親夫婦だったが、残念ながら子供は一人しかできなかった。そのため、千穂の娘と一緒に買い物に行ったり、おしゃれを楽しんだりしたいという望みは叶わずに終わったのだ。

「でも、美優さんみたいないい子が壮一郎と結婚して家族になってくれたでしょう？　だから私、嬉しくって。もし何か困った事があったら、いつでも言ってきてね」

「はい、ありがとうございます」

義両親には自分と実母との関係については詳しく話していない。けれど、結婚前の顔合わせや式の時の様子で、母娘の間が必ずしも良好ではないと察してくれているようだった。

「そうだ、せっかく浴衣を着たんだし、このまま壮一郎とデートしたらいいわ」

「デ、デート……！」

「そう、デートよ。浴衣に合わせて、下駄も用意したの。よかったら履いてね」

下駄は草履のような舟形で、裏面にゴムがついているからとても歩きやすそうだ。

美優はさっそく試し履きをさせてもらった。ひんやりとした下駄の感触が、桜色のペディキュアを塗ったつま先を心地よく冷やしてくれる。

千穂の提案で、二人は近くにある渓谷を散歩する事になった。

義両親に見送られて夫妻の家をあとにし、渓谷に隣接する駐車場に車を停める。

緑豊かな川沿いは、街中よりも体感温度が低くかなり過ごしやすい。

話しながら道をそぞろ歩き、途中にあった庭園カフェに立ち寄る。窓際の席に案内され、壮一郎はコーヒーを頼み、美優は抹茶クリームあんみつを注文した。

「ここ、都心とは思えないほど静かですね」

「そうだな」

「大人の散歩コースって感じで、すごく素敵です」

「確かに」

店内の席は半分ほど埋まっており、美優達が座っている窓際の席からは川にかかる小さな橋が見える。

注文の品が運ばれてきて、美優は目を輝かせてスプーンを手に取った。

透明なガラスの器の中には、抹茶アイスや寒天のほかにバナナやイチゴなどのフルーツも盛られている。白玉は弾力があり、寒天はコリコリとした食感が楽しい。黒蜜の甘さと抹茶アイスのほのかな苦みのコントラストが絶妙だ。

美優は濃緑色の白玉と寒天をすくい、口に入れた。

「わぁ、これすごく美味しい！　壮一郎さんも食べてみますか？　はい、あーん」

美優は白玉と抹茶アイスを載せたスプーンを、壮一郎に差し出した。正面から目が合うも、すっと視線を下に逸らされる。

（あ、しまった……！）

あんみつが美味しすぎて、つい子供相手にするような真似をしてしまった。

「ご、ごめんなさいっ！」

美優はあわててスプーンを引っ込めようとした。けれど、それよりも早く壮一郎に手首を掴まれてしまう。

「いや、ひと口もらうよ」

彼はそう言うと、美優の手を離し小さく「あーん」と言いながら口を開けた。

大人の男性に、こんな幼稚な事をさせてしまうなんて……！

美優が猛省しながら改めて壮一郎の口元にスプーンを持っていくと、彼はそれを口に入れるなり素早く咀嚼して口の中のものを飲み下した。

「美味い」

短く味の感想を言い終えると、壮一郎が窓のほうを向いた。

思い返してみれば、実家を出たあたりから話すのは美優ばかりで、彼はほとんど喋っていない。いつもはもっと近づいて歩くのに、若干距離が遠い。それに、心なしか顔が赤いような気がする。

連休中の激務を経て、やっと迎えた休日にどっと疲れが押し寄せてきたに違いない。ここを出たあとはドライブに行く予定だったが、一刻も早く帰宅してゆっくりしてもらったほうがよさそうだ。

「壮一郎さん、今日はもう帰りましょう！」

美優は壮一郎の顔を見つめながら、真剣な面持ちで口を開いた。

「どうして？　まだ散歩コースの半分も来てないのに」

壮一郎がキョトンとした表情を浮かべる。

「もしかして、下駄の鼻緒で足を痛めたとか？」

「いいえ、足は大丈夫です」

美優は心配して足の様子を見ようとする壮一郎を押し留めた。

「壮一郎さん、ここのところずっと忙しかったし、だいぶ疲れが溜まってますよね？　それに、さっきから急に口数が少なくなったし、ちょっと顔が赤いです。もしかして熱があるんじゃないですか？　とにかく、早く帰って休んだほうがいいです」

急いであんみつを平らげようとする美優を見て、壮一郎が再度スプーンを持つ手首をそっと掴んできた。

「いや、そうじゃないんだ。僕の口数が減って顔が赤いのは、美優の浴衣姿があまりにも可愛すぎるせいだ」

「はいっ？」

てっきり、聞き間違いかと思った。

けれど、困ったような顔で美優を見る壮一郎の顔は、明らかにさっきよりも赤みを増している。

「わ、私……のせいで？」

「そうだ。美優の浴衣姿を見てからというもの、胸が高鳴って仕方がない。そういう意味では、早く帰って休んだほうがいいのかもしれないな。……うん、美優の言う通りだ」

壮一郎がそう言うなり美優からスプーンを取り上げて、立て続けに三口あんみつを食べた。

「あ、私のあんみつ！」

口を尖らせる美優を見て、壮一郎がクスクスと笑い出した。

「ごめん。少しでも早く美優と二人きりになりたくて」

差し出されたスプーンを受け取る美優の顔に、満面の笑みが広がる。

「壮一郎さんったら……今の台詞、黒蜜たっぷりのあんみつよりも甘いです」

今、周りに誰もいなかったら彼に抱きついて思い切りキスをしているところだ。

皿に残る抹茶アイスを頬張りながら、美優はデレデレと目尻を下げた。

新婚五カ月目に入っている今、二人の親密度は日に日にアップし続けているし、今のようなイチャつきは日常茶飯事だ。

二人きりになりたい気持ちが、あんみつを食べるスピードを加速させる。

美優は最後の白玉を大急ぎで飲み下すと、壮一郎を追い立てるようにしてキャッシャーに向かうのだった。

九月も終わりに近づき、「エルフィこども園」の花壇にもピンク色のコスモスがたくさん咲き始めている。

閉園後の保育室を掃除しながら、美優は窓から見える花壇を眺めた。

時刻は午後六時半。

秋の日は釣瓶落としとはよく言ったもので、いつの間にかかなり日が短くなった。しかし、園庭にはモールライトが三カ所設置されており、夕方でも十分な明るさが保たれている。

園庭の西側にあるそこで、先週三歳児がチューリップの球根を植えた。普段の世話は保育士がやるが、水やりは五、六歳児の仕事だ。

(明日のお絵描きの時間に、コスモスを描いてもいいかも。それとも、貼り絵のほうがいいかな？　それにしても、あっという間に年度の半ばになっちゃったなぁ)

「エルフィこども園」では、毎年年度末に子供達の絵や工作を集めた作品集を冊子にして保護者に渡す事にしていた。

表紙は各園児の手形や足形で、中には園で撮った写真も組み込まれている。

（もうじき秋の遠足があるし、また写真をいっぱい撮ってみんなの成長記録をたくさん残さなきゃね）

遠足に運動会。クリスマス会に餅つきなど「エルフィこども園」の秋冬は行事が目白押しだ。

（運動会の頃、ちょうどパンジーが満開になりそう）

押し花にしても楽しめるパンジーは、毎年しおりに加工して園児達が卒園する時の記念品にしていた。

それを思いついたのは美優であり、きっかけはかつて自分自身が通っていた保育園で同じようなものをもらったのを思い出したからだ。

美優が保育園に通っている時、送り迎えはもちろん、土曜日に行われた運動会に来てくれたのは祖父母だった。

同じ頃、二歳上の真子は三年保育で幼稚園に通っており、そちらは毎日母親が自転車で送迎していた記憶がある。

思えば、その頃から美優にとって父母の役割をしていたのは祖父母であり、一時期は祖母の事を「お母さん」と呼び間違えていたくらいだ。

保育士という仕事に就いて以来、様々な家庭の事情を垣間見てきた。

中には複雑な親子関係や嫁姑問題が絡んで、子供がそれに巻き込まれているケースもある。当然、むやみにそこに踏み入ってはならないし、かといって園児の養育を手助けする立場として口出しをせざるを得ない時もあった。

ちょうど今も、同居問題を機に母親と祖母がいがみ合っている園児が一人いる。

（難しいよね、嫁姑の関係って）

子供の頃はわからなかったが、大人になり保育士になってみてはじめてその根深さを理解したような気がする。

もちろん、仲のいい義理の母娘関係はあるし、逆に婿舅（むこしゅうと）が険悪な場合もあった。どちらにも問題があったり一方にのみ原因があったりとパターンは様々だし、こじれたきっかけも多種多様だ。

逆に、美優のように嫁姑関係が良好で、親子関係がよくない場合だってある。

保育士として、美優は保護者それぞれの気持ちを尊重しながらも、最終的にはどうすれば一番園児のためになるかを優先して考え行動するよう心がけている。

「美優先生、おばあさまから電話よ～」

園長から声をかけられ、美優は急いで保育室を出た。

今まで祖母が職場に電話をかけてきた事など一度もないのに、いったい何事だろう？

美優は若干の胸騒ぎを感じながら事務室に入り、保留中の受話器を取った。

「もしもし、おばあちゃん、どうしたの？」

『理恵さんが急に倒れたのよ。それで、ついさっき救急車で『岩沢総合病院』に来たところなの』

「お母さんが⁉」

克子がいうには、理恵はパートが終わって帰宅した直後、家の前の自転車置き場で倒れたようだ。

美優は園長の許可をもらい、急いで理恵がいる病棟に向かった。そして、待っていた克子から詳しい状況を聞かせてもらう。

理恵がパートから帰宅したのは、自宅前から聞こえてくる自転車のブレーキ音でわかる。克子曰く、それが聞こえたあと、しばらくして自転車が倒れる音がしたらしい。何事かと心配になって外に出てみると、ちょうど生垣が邪魔で倒れた自転車しか見えず、いったんは自宅に戻った。

理恵は、普段から克子に対して特別な用事がない限り顔を見せないでほしいと申し渡している。それもあって、声をかけずに帰宅したのだが、どうしても気になってしまい、迷惑がられるのを承知で隣家に行ってみた。

それで、ようやく理恵が自転車置き場で倒れているのに気が付いたというわけだ。

「昭はまだ仕事から帰ってないし、おじいちゃんは今日仲間内で温泉に出かけていなかったのよ」

「じゃあ、おばあちゃんが救急車を呼んで、ここまでついてきてくれたの？」

「そうよ。もう、あわてちゃって財布も保険証も持たないまま来ちゃったのよ」

検査したところ、脳の血管が詰まっているのがわかった。

その結果、現在は血栓溶解のために静脈内に薬剤を投与しているところらしい。脳梗塞は発見から治療までの時間によって回復の度合いが違ってくるが、理恵の場合は一時間以内に病院に運び込まれている。

「看護師さんが説明に来てくれたんだけど、担当してくれてるのは壮一郎さんなんだって」

「壮一郎さんが……。そっか、じゃあきっと大丈夫だね」

「そうね、おばあちゃんもそう思う」

克子によると、昭にはすぐに連絡がついたものの、ちょうど地方出張から帰っている途中だったらしく、到着まで少し時間がかかるようだ。

真子にも電話をしたが何度かけても繋がらず、現在は昭が連絡をしてくれているらしい。

そのまま二人だけで理恵のオペが終わるのを待ち続け、昭が駅から直接病院に駆けつけて合流する。

昭は移動中も真子に再三電話をかけていたようだが、未だに連絡がつかない。

娘婿の勝一に電話をかけるも、こちらも留守番メッセージが流れるのみ。そうこうしているうちにオペが終わり、壮一郎が皆のもとにやって来て経過の説明をしてくれた。

薬剤投与により血管の詰まりはなくなり、今後は二週間程度入院して予後を見守り回復を図るようだ。

その際、脳梗塞の原因となった理恵の持病である高血圧の治療も並行して行われる予定であるらしい。

「あくまでも現時点での予測ですが、おそらく重篤な後遺症は残らないと思われます」

「そうか……。壮一郎君、本当にありがとう！　妻がお世話になりました」

昭が壮一郎に向かって深々と頭を下げた。ここに来て以来、ずっと硬いままだった父親の表情が、ようやく少しだけ緩み口元にうっすらと笑みが浮かぶ。

すると、壮一郎が腰を折る昭の肩にそっと手を置いて、まっすぐに立たせた。

「いえ、僕は担当医としてやるべき処置を行っただけです。今回、比較的発見が早かったおかげで、大事には至りませんでした。そういった意味では、おばあさんが一番の功労者ですよ」

壮一郎が克子をすぐそばにあるベンチに案内した。とるものもとりあえず来た克子は、すっかり疲労困憊した様子で座面に腰を下ろす。

美優は克子の左隣に座り、祖母の背中をそっとさすった。

「そうだよ、お父さん。おばあちゃんが見つけてくれてなかったら、お母さんはもっとたいへんな事になってた……。ありがとう、おばあちゃん。おばあちゃんは、お母さんの命の恩人の一人だよ」

「そんな、大袈裟な」

そう言って微笑む克子の手には、脱いだ割烹着が握られている。美優は感謝を込めて、克子の手の上に掌を重ねた。

「大袈裟じゃないよ。テレビとかでよく言ってるから知ってるでしょ？　脳梗塞って、発見が遅ければ遅いほど処置が遅れて、後遺症を抱える確率が高くなるんだもの」

「美優の言う通りです。じゃあ、僕はこれで」

携帯している院内用スマートフォンに何かしらの連絡が入り、壮一郎が美優と視線を合わせたあと、廊下の向こうに歩いていく。

美優は感謝を込めて白衣の背中を見送った。

「理恵は血圧が高いから、普段から気を付けていたんだがなぁ。ありがとう、母さん。理恵に変わって心から礼を言うよ」

そばにやって来た昭が、克子の隣に腰を下ろした。そして、重なった二人の手を掌で包み込むようにしてギュッと握ってくる。

「美優も、母さん一人で心細かった時にそばにいてくれて、ありがとうな」

「私は、ちょうど今日仕事だったから、電話もらってすぐに来られたの。お父さん、会社には戻らなくてよかったの?」

「うん、今日はもともと直帰予定だったから大丈夫だ。とにかく、オペが成功してよかった。一時はどうなる事かと思ったけど、とりあえずホッとしたよ……」

昭が美優と克子を見て、力なく微笑みを浮かべた。

「みんながいてくれてよかった」

昭がしみじみとそう話し、深い安堵のため息をつく。

思い返してみれば、父親とこんなふうに面と向かって話すのは、子供の時以来だ。

久しぶりに感じる昭の分厚い掌を感じながら、美優はにっこりと微笑む克子の背中をそっと抱き寄せるのだった。


理恵のオペから十日経った土曜日の午後、美優は理恵を見舞うために入院中の病室を訪れていた。

建物の西側に位置するその部屋は三階の個室で、ちょうど「エルフィこども園」の園庭が見える位置にある。

ついさっきまで園にいた美優は、持ち帰っていた画用紙入りのキルトバッグをベッド横の椅子の上に置いた。

「お母さん、下のコンビニに行ってくるけど何かいるものある？」

「お水……買って来てくれる？」

理恵がベッドに横たわりながら、か細い声でそう頼んでくる。

「わかった。じゃ、行ってくるね」

美優は病室を出て一階にあるコンビニエンスストアに向かった。途中、何人かの顔見知りの病院職員とすれ違い、挨拶を交わす。

（それにしても、さほど後遺症が現れなくてよかった！）

壮一郎の見立て通り、理恵は心配された後遺症もほとんどなく日々のリハビリもさほど苦労せずにこなしている。

さすがに前のように早口でまくし立てるのは無理だ。だが、ちゃんと話せるし食事も介助なしで食べる事ができた。

今後はあと四日間「岩沢総合病院」で入院生活を続け、そのあとは近くにあるリハビリ専門病院に転院する予定になっている。

この一週間の間、美優は担当してくれるケアマネージャーと話し、克子と連携して必要な手続きをしてきた。

幸いすぐに転院先も見つかり、各種保険の手続きもスムーズに進んでいる。

その間も、理恵は黙々とリハビリを続け、模範的な入院生活を送り続けていた。

（脳の病気をすると性格が変わる事があるって聞いたけど、もしかしてお母さんもそうなのかな）

医学的な見地から断言はできない。だが、大病のあとで考え方や行動のパターンが変わるのはさほどめずらしい事ではない。

今まで楽観的だった人が後遺症のせいで悲観的になったり、逆に無事命を取り留めて暗かった性格が明るくなったりと、変化は人それぞれ。

理恵の場合、以前と比べると口数が減り表情が優しくなった。それは現在リハビリ中だからという理由もあるが、明らかにそれだけではない。

見舞いに来る克子に対して涙ながらに礼を言い、事あるごとに感謝の言葉を口にする。

それは、第一発見者に対する当然の態度だ。

けれど、今まで克子を徹底的に避け、はっきりと嫌っていた理恵が、まさかそこまで変わるとは思ってもみなかった。

(あの時、壮一郎さんがはっきりとおばあちゃんが一番の功労者だって言ってくれたおかげなんだろうな)

理恵が倒れた時の様子や助けられたいきさつは、昭を通して本人にも伝わっている。克子のおかげで今の理恵があるのは明らかだし、壮一郎が言わなくても両親は克子に感謝していただろう。

しかし、あそこまできっぱりと言ってくれなかったら、両親はそこまで克子がいてくれたありがたみを理解しなかったのではないだろうか。

現に、昭は意識を取り戻した理恵に「助かったのは母さんのおかげだ」と言い、夫婦はその後長い間黙ったまま見つめ合っていた。

そして、無言の意志の疎通のあと、理恵はそばにきた克子を見てハラハラと涙を流し続けたのだ。

そもそも、美優が知る限り克子は理恵に対して悪い事は何もしてない。

しかし、そこは嫁姑だ。

結婚を機に赤の他人が家族になったのだから、多少のすれ違いがあっても何ら不思議ではない。

それはさておき、問題は真子だ。

理恵が病院に担ぎ込まれた当日、結局真子には連絡が取れずじまいで、電話があったのはその二日後の夕方になってからだった。

夫の勝一はと言えばオペの次の日に、大あわてで病院に駆けつけて来るのが遅くなった事を詫びてくれた。

勝一日く、前日は仕事絡みの外出先で残業を強いられ、スマートフォンに連絡が入っているのにも気づかなかったとの事だ。

一方、オペから三日後の午後にようやく顔を見せた真子は、まったく悪びれる事なく「友達とプチ旅行中だったの」と言い、謝りもしなかった。

不思議なのは、真子夫婦が互いの所在や予定をまったく把握していなかった事だ。

(まあ、夫婦間の事だし、いろんな形があってもいいよね)

美優が買い物を済ませて病室に戻ると、壮一郎が来てくれていた。すでに必要なチェックは終えた様子で、理恵はベッドの角度を変えてもらって、マットレスにゆったりと背中を預けている。

「お義母さん、リハビリ頑張ってくれているから、かなり回復が早いよ」

「そう? お母さん、昔から追い込まれると力を発揮するタイプだもんね」

美優が笑いかけると、理恵が壮一郎と美優を見比べながら穏やかな微笑みを浮かべた。

理恵の顔面には多少の麻痺があり、そのせいで表情がわかりにくい。けれど、笑っているのは確かだし、目つきも柔らかだ。

「これなら、予想してたよりも早く自宅療養に移れるかもしれない」

「本当に?」

「転院先のリハビリ病院は実家からそう遠くないし、経過次第では通院も可能だしね」

「そっか。よかったね、お母さん」

美優が振り返ると、自分を見る理恵の視線に出くわした。思い返してみれば、振り向いた先にいる母親と目が合うのは、かなり久しぶりだ。

「うん……」

理恵が美優を見つめながら、ゆっくりと頷いた。しばらくして壮一郎が出て行き、母娘二人だけになる。

美優は備え付けてあるベッドテーブルを理恵の前に移動させて、その上にペットボトルからコップに移し替えた水を置いた。

「お花、ありがとう。……リンドウ、綺麗ね」

「これね、家の庭に咲いていたの。青紫が綺麗だよね。知ってる？　リンドウって九月の誕生花なんだって」

理恵が頷き、美優と視線を合わせた。入院以来、こうして母娘で話す機会が多くなったが、沈黙を気まずく感じるせいか、いつも以上に口数が多くなってしまいがちだ。

「お母さん、今月誕生日だったもんね。遅ればせながら、お誕生日おめでとう……」

美優がためらいがちにそう言って、視線を窓の外に向けた。

もしかして、余計な事を言ったかもしれない——。美優がそう思うのは、以前理恵から「この年になって誕生日なんてめでたくも何ともない」と言われ、プレゼントや祝いの言葉は不要だと言い渡されていたからだ。

「……ありがとう」

思いがけずそう返事をしてもらい、美優の顔にホッとしたような笑みが広がる。

「お父さんと話したんだけど、もしお母さんさえよければ、家に帰ったあとは必要に応じて私が家事のサポートをするね。おばあちゃんも手助けするって言ってくれてるし――」

退院後の自宅生活のサポート体制は、リハビリの結果にもよる。

昭が中心になって進める前提だが、仕事で不在の間はほかに頼るしかない。

美優はゆっくりと時間をかけて理恵と話し合い、その結果昭の不在中は必要に応じて専門のヘルパーに来てもらう事になった。

それでもカバーできない事などは、美優と克子が共同でサポートすると決める。

「おばあちゃん……それでいいって？」

「うん。事前におばあちゃんとは話してきたから、大丈夫だよ」

これまでの嫁姑の仲を考えると、克子が理恵のサポートを断っても不思議ではない。

そうされてもおかしくないほど理恵は克子に対して距離を置いていたし、コミュニケーションを取ろうともしてこなかった。

それは結婚当初からの事で、もはやそれが日常になっている。今まで頑なに態度を変えなかった理恵が、変わるはずがない――。

家族は皆そう思っていたし、実際に諦めて何も言わなくなっていたくらいだ。

けれど、克子は理恵の入院をきっかけに少しでも自分達の関係が改善する事を望み、サポートを申し出てくれた。傍から見たら、どうしてあれほど冷たい態度を取られていたのに、と思うかもしれない。

けれど、せっかく縁あって家族になったのだ。

『それに、昭を選んで結婚してくれたんだもの。なんだかんだ言って同じ敷地内に住んでくれてるし、理恵さんのおかげで、可愛い孫を二人も持てたんだものね』

そんな思いをずっと持ち続けていた克子は、これを機に過去は水に流したいと言って笑った。

そんな祖母のそばで育った美優もまた、母親に対しては複雑な思いがあるにせよ、慕う気持ちを捨てる事はできないまま生きてきた。

「美優も……いいの?」

「もちろんだよ。もっとも、私も仕事してるから、多少はヘルパーさんの助けも借りる事になるだろうけど」

正直に言えば、日常的にないがしろにされて、子供心に何度も母親と姉を恨めしく思った。けれど、外面だけは人一倍いい理恵は外では美優に優しかったし、ほんのたまに自宅でも母親らしい態度を取る事もあったのだ。

子供は親を無条件で信頼し、愛情を向ける。

それに応えてもらうのがかなり遅くなったにしても、無反応に終わるよりずっといい。一度は諦めた母親との親子関係だったけれど、今からでも取り戻せるものなら、そうしたいという気持ちはある。

我ながら呆れるが、やはり母親を思う気持ちだけは捨て切れないという事なのだろう。

「エルフィこども園」の運動会は、十月の第一日曜日の午前中に行われた。

その日は多数の保護者も参加し、年齢に合わせたダンスやかけっこ、ボール投げなどを目一杯楽しんだ。

美優は園児の世話をしながら撮影も担当し、ベストショットを何枚も撮って大満足だった。

「壮一郎さん、見て。これ、すっごく可愛いでしょ？」

運動会の次の日の夜、美優は自宅のリビングでタブレットに転送した写真を壮一郎に見せていた。

美優が指した写真には、ゼロ歳児が動物のコスプレをしてハイハイ競争をしているところが映っている。

「こっちも可愛いね。これは何の競技？」

「これは、一歳児が紙で作った石を投げて鬼退治をしてるところ」

「これは三歳児だね。佐藤のとこの遥奈ちゃんが写ってる」

壮一郎が指差した写真は、三歳児がダンスをしているところを撮ったものだ。

「佐藤さんのところは夫婦揃って来てくれて、おばあちゃんも下の子を連れてちょっとだけ見に来てくれたんですよ」

遥奈は今やすっかりお姉ちゃんになっており、ぐずる弟を上手にあやしたりするらしい。

当時の様子からして、母親の不在は幼心にかなりの試練だっただろう。けれど、遥奈は見事それを乗り越えて大きな成長を遂げたのだ。

「子供って、つくづくすごいなって思います。毎日いろんな経験しながら、そのたびに心がグングン成長して、ちょっとずつ大人になっていくんですよね。私、保育士として、そんな大事な時期に関われる事を心から嬉しく思います」

「美優は本当に今の仕事が好きなんだな。その気持ちに報いるためにも『エルフィこども園』をもっといい園にしないといけないね」

美優が責任者として進めてきた保育の業務支援ツールは、すでに稼働しており保護者からの評判も上々だ。

「写真もアップロードできるようにしたんだよな？」

「はい。運動会の写真もアプリで見て、そこから注文できるようになりました。すごく便利だって、保護者の方にも喜んでもらってるんですよ」

はじめは尻込みしていた園長も、今はだいぶパソコンやタブレットの操作に慣れて使いこなせるようになっている。

「事務室にいても、電話が鳴る回数が格段に減りました。連絡帳も書き損じがなくなったし、保育士の間で園児のデータを共有できるようになっていい事ずくめです」

「美優が嬉しいと、僕も嬉しいよ。ところで、また口調がもとに戻ってるけど、気が付いてる？」

「あ……ほんとだ！　仕事の話になるとつい――」

美優は指先で口元を抑え、唇を軽くペチペチと叩いた。

結婚してもう半年以上経つのに、美優は未だ壮一郎に対して砕けた話し方ができずにいた。それで、つい三日前に壮一郎からもっとフランクに話してくれていいし、最終的にはため口で話せるようになればいいねと言われたのだ。

その時、そうできる取っかかりになればと、美優は壮一郎の提案によりひとつの約束を交わした。

それは、自宅で五分以上ですます調の話し方が続いたら、美優のほうから壮一郎に抱きついて唇にキスをするという決め事だ。

「じゃあ、約束を守ってもらおうかな」

壮一郎が、持っていたタブレットをソファの座面に置いて隣に座っている美優のほうに向き直った。

「晩ご飯は食べたし、風呂も入った。あとはもう寝るだけだから、そのつもりでキスしてくれていいよ」

「えっ……そのつもりって……」

壮一郎が額にかかっていた前髪を掻き上げ、ニッと笑った。そして、先日お揃いで買ったばかりのシルクのパジャマの前を開け、両手を軽く広げて待ち構えるようなポーズを取る。

「そ、壮一郎さんったら、それ……私の事、煽ってます――じゃなくて、煽ってるの？」

「煽ってると言うより、美優がやりやすいように気を使ってるんだ」

「そんな気の使われ方をしたら、かえってやりにくいです――んだけど。そもそも、壮一郎さんってこんなキャラじゃなかったような……」

「僕もそう思うよ。でも、美優が僕をこんなふうに変えたんだ。どうかな……今の僕は美優の好みじゃないかな？」

話しながらじっと唇を見つめられて、それだけで息が上がる。

少しずつではあるけれど、新妻として成長を遂げている美優だ。今はもうシチュエーション次第では、割と大胆な行動も取れるようになっている。

「壮一郎さんが私の好みじゃないなんて事、あるわけないでしょ。壮一郎さん、大好き……」

美優は思い切って座っている壮一郎の脚の上に跨がり、彼の肩に腕を回した。

「僕もだよ、美優」

唇が触れ合うなり壮一郎が美優の太ももを腕に抱え、そのままの格好で立ち上がった。

「えっ……そ、壮一郎さん⁉」

驚く美優をよそに、壮一郎がリビングを出て階段を上り始めた。どこに行くのかなんて、聞かなくてもわかっている。

とりあえず、階段を上り切るまでは唇へのキスはおあずけだ。

美優は壮一郎の視界を遮らないよう気を配りながら、彼の首筋にそっと唇を寄せるのだった。

第四章　ハラハラの妊婦生活

秋咲きの薔薇（ばら）がライラック色の蕾を一斉に花開かせた日の朝、美優の妊娠がわかった。

毎月きちんと来ていた月のものが遅れているし、なんとなくだるい。

もしやと思っていた矢先に急な吐き気があり、事前に用意しておいた検査薬で調べたところ、見事陽性反応が出た。

直近の平日休みの日に「岩沢総合病院」の産婦人科に行き、ブライダルチェックの時にも世話になった女医に診てもらった。

「おめでとうございます。予定日は来年の六月ですね」

美優はその場で万歳をしそうになったくらい喜び、小躍りしながら帰宅して壮一郎の帰りを待った。

「美優、ただいま！」

自宅に帰るなりそう叫んだ壮一郎が、リビングにいた美優のところに駆け寄ってきた。

「おかえりなさい、壮一郎さん。見て、これ。今日さっそく区役所に行ってきたの」

美優がもらってきた母子手帳を差し出すと、壮一郎がゆったりと身体を抱き寄せてきた。

「ありがとう、美優。二人の子供がお腹にいると思うと、嬉しくてたまらないよ」

「壮一郎さん……ん、んっ……」

優しいキスと抱擁で、美優は心身ともに満たされて彼の腕に全身を預けた。

横抱きにされてソファまで連れて行かれ、腰かけてあとも繰り返し唇を合わせ続ける。

「妊娠したって、いつ言う？　安定期に入るまで待ったほうがいいなら、そうするよ。担当医にもそう言っておけば、父の耳にも入らないだろうし」

壮一郎に訊ねられ、美優は困ったような表情を浮かべた。

「初産だし、せめて三カ月になるまで待とうかなとは思ってたんだけど……。実はもう、うちの祖父母にはバレちゃったの」

美優は区役所経由で祖父母の家に行き、手土産の薄皮まんじゅうを食べながら皆で談笑していた。

美優としては妊娠したと明かすタイミングは、壮一郎と相談してから決めようと思っていた。

けれど、顔がにやけていたのを見咎められたのか、克子にあっさりバレて「おめでとう」と大喜びされてしまったのだ。

「おばあちゃん達には、きっちり口止めしておいたから、ほかには漏れないと思うけど」

「そうか。美優はわかりやすいからバレても無理もないな」

「私、そんなにわかりやすい？」

壮一郎に笑われ、美優はますます困り顔になる。

「うん、かなりわかりやすいな。もっとも、僕が美優の事を常に気にかけているせいもあるのかもしれないけど」

わざとのように顔を覗き込まれ、つい可笑しくて噴き出してしまう。笑った口元にキスをされ、そのまま甘いひと時が始まる。

ひとしきり唇を合わせたあと、美優は壮一郎の胸にゆったりともたれかかった。

「それはそうと、妊娠がわかってから話し方が一気に砕けた感じになったね」

「あ……言われてみれば、そうかも」

「それも当たり前かな。何せ、ここに二人の子供が宿ってるんだから」

壮一郎が美優のお腹に掌を当てた。

ぴったりと寄り添い合う身体が、お腹の子を介してひとつに融け合ったような気がする。

「あぁ、幸せ……。この調子だと、明日お母さんと顔を合わせた時に、速攻でバレちゃいそう。こうなったらマスクでもしていこうかな」

「岩沢総合病院」に二週間ほど入院していた理恵は、その後リハビリ専門の病院に転院したが経過が良好で明日退院する事になった。

さすがにすぐ職場復帰とはいかないようだが、現時点で歩いたり喋ったりするのにはさほど支障はなく、あとは手指がスムーズに動くよう通所でリハビリを継続していく予定だ。

「お母さんとの仲は、どう?」

壮一郎が美優の髪の毛を撫でながら、そう訊ねてくる。

「なんだか、今までの事が嘘みたいに刺々しさがなくなった感じ。きっと、お姉ちゃんがまったく顔を出さないせいもあるんだろうけど」

真子は結局、理恵が入院している間に一度しか見舞いに来なかった。

病院に来ないのだから、当然事務手続きや転院時の付き添いもしていない。

理由はインフルエンサーの仕事だったり、妊娠による体調不良だったりと、様々だ。

美優が身体を心配して仕事をセーブしたらどうかと提案するも、にべもなく却下された。それどころか、今は前々から決まっていたという友達との海外旅行中であるらしい。

『きっと、元気なお母さんが弱っているのを見たくないんだよ』

昭の的外れな慰めの言葉は、理恵にとって自分と長女の関係を考え直すきっかけになったようだ。

元気じゃなければ会いに来ない。

面倒な事はすべてほかの家族に丸投げ。

あれほど足繁く実家を訪れて話し込んでいたのに、今はＳＮＳを通じて申し訳程度に調子はどうかと聞いてくるだけであるらしい。

さすがに昭が真子を叱ったようだが、忙しいのだから仕方がないの一点張り。

おそらく、オペもせず長期入院にもならなかったのを楽観視しすぎているのだろう。

それにしたって、近距離に住んでいながら一度しか見舞わないのはさすがに冷たすぎる。

はじめは真子が来るのを心待ちにしていた様子の理恵だったが、今はもう自分から電話をかける事もしなくなっているみたいだ。

「お姉ちゃん、お母さんが帰宅したら前みたいに顔を見せるようになるのかな。それならそれでいいし、お母さんだってそのほうが嬉しいに決まってるし……」

理恵が入院して以来、美優は毎日母親の病室を訪れては、あれこれと話をして帰る日々を送ってきた。

職場が同じ敷地内にあるから通うのは苦ではない。

これほど長い時間を理恵と二人きりで過ごす事などなかったし、美優にとっては母娘の関係を見直す絶好のチャンスと言えなくもなかった。

もちろん、今まで冷遇された記憶は今もはっきりと残っている。

けれど、もし今の時間が二人の間にあった溝を埋めるきっかけになるとしたら？

そう思い、美優は期待半分、不安半分で母親との仲を自分なりに修復しようとしていたのだ。

理恵が退院する日、美優は有給休暇を取って、午前中から母親の病室を訪れて退院の準備をしていた。

検査があるから退院は午後になるが、それまでにやっておく手続きがあるし、病院を出る前に食堂で昼食を済ませたい。

美優が事務局と病室を行き来している間に、理恵は身支度を済ませて窓辺の椅子に座って外の景色を眺めていた様子だ。

すべての用事を終え、美優は一階のコンビニエンスストアで買って来たホットコーヒーをベッドサイドのテーブルの上に置いた。

「熱いから気を付けてね。まだ、手が万全じゃないんだから」

「うん、ありがとう」

以前と比べると、まだまだ動作や話し方がゆっくりではある。けれど、一カ月弱の入院加療とリハビリを経て、理恵は日常生活には困らないほど回復した。入院当初はヘルパーを頼むつもりだったが、そうする必要がないほど後遺症は残っていない。

美優は退院後も理恵のサポートをするつもりでいるし、これならヘルパーを頼まなくても暮らしていけそうだった。

「買い物も行けなくはないだろうけど、しばらくはネットスーパーを利用するほうがいいかも。使い方はもうバッチリだよね？」

「大丈夫。もう一人でも注文できるわよ」

スーパーマーケットでパートをしていた理恵だが、ネットスーパーを利用した事がなかった。

美優は入院中に利用手続きを済ませ、理恵に使い方を教えたり克子に留守番をしてもらって実際に注文をしたりしてきた。

「重いものとかは、ネットでまとめ買いするのもいいかも。なんなら、おばあちゃんとことシェアしてもいいんだし」

「そうね」

ゴミ出しや町内会の掃除など、不在中の家の事は克子がすべて代行してくれている。何度となく見舞いにも来てくれているし、今回の件をきっかけに嫁姑の仲もいいほうに向かっているのは確かだ。

「じゃあ、帰ろうか」

ナースステーションにいる看護師に挨拶を済ませ、病院前のタクシー乗り場に向かう。

家の前で車を降りて、玄関のドアを開ける。およそ一カ月ぶりに帰宅した理恵が、辺りを見回しながら嬉しそうに深呼吸をした。

「あら……ここにもリンドウを持ってきてくれたのね」

靴箱の上に飾られたリンドウを見て、理恵がうしろにいる美優を振り返った。

「うん、今朝病院に向かう前にここに寄ったから。ほら、段差あるよ。足元に気を付けてね」

美優は理恵の背中に手を添え、一足先に靴を脱いで廊下に上がった。

そのままリビングに入り、二人してソファに腰を下ろす。それからすぐに立ち上がった美優は、ソファの背もたれのうしろに隠しておいたリンドウの花束を手にして立ち上がった。

「お母さん、退院おめでとう！」

目の前に差し出された花束を見て、理恵が驚いた表情を浮かべる。

「リンドウばっかりになっちゃうし、ほかの花にしようかとも思ったんだけど、結局これにしちゃった」

「どうもありがとう」

花束を受け取ると、理恵が美優を見て微笑みを浮かべた。

無事退院できたのだから、喜んで当たり前だ。けれど、美優にとって理恵の笑顔は、いつも自分以外の人やものに向けられるものでしかなかった。

入院中はまだ顔面に多少の麻痺があったし、今もうっすらとした笑顔だ。しかし、笑っているのは確かだし、それは今はっきりと美優に向けられている。

「どういたしまして。お花、花瓶に生けてこようか？」

返す笑顔がぎこちなくなりそうで、美優は花瓶がしまってある棚のほうに視線を逸らした。

「そうね」

花束を受け取ると、美優は花瓶とともに洗面台に向かった。

せっかくこうしているのだから、もっと話をして母娘の距離を縮めたい。我ながら焦りすぎだと思うが、油断しているとすぐにもとに戻ってしまいそうで不安だったのだ。

花を生けるついでにお茶を淹れ、花瓶と湯飲み茶碗を載せたトレイを持ってリビングに戻る。

ソファ前のテーブルにリンドウを飾り、理恵の前にお茶を置いた。

「少しぬるめに淹れたからすぐに飲めるよ」

美優がそう言うと、理恵がひと言礼を言ってから湯飲み茶碗に手を伸ばした。

「ああ、美味しい……。やっぱりほうじ茶はこれが一番美味しいわ」

実家で飲んでいるお茶は、理恵の生まれ故郷から取り寄せているものだ。

そこに住んでいた理恵の両親はもう亡く、今は姉夫婦が家を受け継いで暮らしていると聞いた。

「ねえ、お母さん。私が小学校の頃、リンドウの花を押し花にした時の事、覚えてる？」

それは小学校のPTAが主催した「親子押し花教室」で、理恵はめずらしく真子ではなく美優を連れて参加したのだ。

用意された生花は、リンドウのほかにもたくさんあった。けれど、美優はその中から迷わずリンドウを手に取り、それを押し花にしたのだ。

「私、あの時の事は今でも時々思い出すくらいよく覚えてるの。レンジで花を乾燥させて、それをラミネートフィルムに挟んで。出来上がったものにパンチで穴を開けて、細いリボンを通して。同じものを二つ作ったよね」

毎年リンドウが咲く時期になると、美優はその時の事を思い出す。当日に嗅いだ花の香りや、ラミネート加工する時の機械音。

ほんの三時間の間の出来事だったけれど、美優にとってはそれが一番思い出深い母娘がともに過ごした記憶だった。

もちろん、その時に作ったしおりは、今も大切に使っている。

「『エルフィこども園』でも、遊びの一環としてしおり作りをしてるんだよ。ビオラやコスモス、ミモザや桜、アリッサム――時期によって用意する花は変わるけど、女の子も男の子も真っ先に可愛い花を選ぶの」

一度リンドウを用意した事があったが、ほかの花に比べて形や色合いが地味だったせいか、あまり人気はなかった。

美優がその事を話すと、理恵が懐かしそうな表情を浮かべた。

「あの時も、いろいろ花が用意されていたわね。美優は、どうしてその中からリンドウを選んだの?」

理恵に訊ねられ、美優は当時を思い出しながら僅かに口元を綻ばせた。

「だって、お母さんがリンドウを持って笑ったから」

リビングの窓からは、家の東側にある小さな庭が見える。そこに植えられているのは大輪の薔薇で、根元には常に季節ごとの寄せ植えが綺麗に花開いていた。

美優の知る限り、理恵がそこにリンドウを植えた事はないし、花屋で買う花はいつもゴージャスで明るい色合いのものばかりだ。

けれど、その日理恵は数ある花の中から一番にリンドウを手に取り、うっすらと微笑みを浮かべたのだ。

「それを見て、ああ、お母さんはリンドウが好きなんだなって思ったの。だから、ほかの花は選ばずに、リンドウを選んだの。それをしおりにしたら、お母さんが喜んでくれるんじゃないかと思って……」

リンドウの花をじっと見つめたあと、美優は思い切って理恵のほうに向き直った。

そして、シャツブラウスのポケットに忍ばせてきたリンドウのしおりを出して膝の上に置いた。

「知ってるよ、あの時私を連れて行ったのは、急に遊びに行っちゃったお姉ちゃんの代わりだったって。でも、一緒に連れて行ってくれてすごく嬉しかったし、お母さんの笑った顔が見られてよかったなって思った」

言いながら、ふいに涙が込み上げてきそうになり、美優はあわてて上を向いて目をパチパチさせた。

「それに、二つ作ったうちの一枚、お母さんがまだ持っていてくれてるのも知ってる。まだここにいた時に、お母さんが読んでいた本に挟んであったのを何度も見かけたし、病院に持ってきてって言われた本の間にも挟んであったよね」

何とか泣くのを我慢したまま話し終え、小さく洟を啜りながら理恵の顔に視線を戻した。

すると、驚いた事に理恵が美優を見つめながら、顔をクシャクシャにして泣いているのが見えた。

「お……母さん？」

美優が呼びかけるなり、理恵が声を上げて泣き始めた。

「どうしたの、お母さん。どこか痛い？　大丈夫？」

美優があわてて背中をさすると、理恵が泣きながら首を横に振った。そして、美優が差し出したティッシュで濡れた頬を拭き、洟をかんだ。

「あんたっていう子は……」

理恵が、なおもハラハラと涙を流しながら膝に置いていた美優の手をギュッと握ってきた。

理恵は気が強く、美優自身今まで母親が泣いたところなど一度たりとも見た事がなかった。そんな理恵がはじめて大泣きしているのを見て、美優はおろおろとテーブル横にあったゴミ箱を引き寄せたりティッシュを手渡したりする。

大量のティッシュを消費したあと、理恵がようやく泣き止んで目をショボショボさせた。そして、大きくひとつため息をついて、泣きはらした顔で美優をまっすぐに見つめてくる。

「……ごめん……本当に、ごめんね」

突然謝られ、美優はいよいよ狼狽えてどうしていいかわからなくなった。

母娘は互いに見つめ合い、しばらくしたのちにまた理恵が話し始める。

「お母さん、間違ってた……。本当は美優が人一倍優しくていい子だって知ってたのに——」

話し始めたと思ったら、また理恵の涙が止まらなくなった。

美優は母親の肩を抱き寄せると、震える背中をそっと撫で続けるのだった。


十一月に入り、美優のお腹の子もようやく三カ月になった。

まだ妊娠初期ではあるけれど、特に問題もなく予定通りもうそろそろ周りに明かしてもよさそうな感じだ。

ただ、とにかく眠い。

これまでに経験した事のない症状だけに、おそらく妊娠によるものに違いないが、特に朝起きるのに時間がかかってしまう。

「美優……朝だよ。そろそろ起きないと、朝ご飯を食べ損ねるぞ」

優しく肩を揺すられ、美優はまだ重い目蓋をうっすらと開けた。息を深く吸い込むと、微かにコンソメの香りがした。

眠っていた脳味噌がようやく働き始めると同時に、美優はハッとしてベッドに横たわったまま目を大きく見開いた。

「目が覚めたかな？　おはよう、美優」

唇にチュッとキスをされ、乱れた髪の毛を大きな掌で撫でつけてもらう。

「おはよう、壮一郎さん。ごめんなさい、私ったら寝坊しちゃった——」

起き上がろうとする美優を、壮一郎がやんわりと押し留めた。そして、もう一度唇にキスをしてにっこりと微笑みを浮かべる。

「もう朝ご飯の用意はできてるから、そんなに焦らなくてもいいよ。ゆっくり顔を洗っておいで。僕はテーブルで待ってるから。それとも、抱っこして下まで連れて行ってあげようか？」

壮一郎がチラリと美優の胸元を見た。

それにつられて下を向くと、かけていたブランケットがずれて胸元があらわになっている。それはそうと、なぜか着ていたはずのパジャマが見当たらない。

美優は咄嗟にブランケットで胸元を隠し、大急ぎで昨日ここへ来てからの記憶をたぐり寄せた。

そして、にやついている壮一郎の顔を見て頬を赤く染める。

昨夜、美優は彼とともに少し早めにベッドに入り、お腹に影響がない程度にスキンシップの時間を持った。

それは夫婦の絆を深める大切な時間だったし、おかげで互いへの愛情がよりいっそう強くなったような気がした。

壮一郎は、少しずつ丸みを帯びてくる美優の身体を綺麗だと言い、膨らみ始めたお腹を撫でながら何度となくキスをしては中にいる赤ちゃんに話しかけていた。

まさにイチャイチャでラブラブな時間だったし、壮一郎は無理のない範囲で美優を夢心地にしてくれたのだ。

そして、たぶんあまりの心地よさにうっかりそのまま眠ってしまったのだと思う。

その証拠に、美優が今着ているのはシルクのショーツとスリップのみだ。

「ひ、一人で大丈夫！　だから、先に行ってて」

美優が抱っこを辞退すると、壮一郎が大袈裟にがっかりしたような表情を浮かべた。

「そうか。じゃあ、階段を下りる時はくれぐれも気を付けて」

壮一郎のキスが美優の額に下りたあと、続けざまに両方の目尻に唇を押し当てられる。なおも名残り惜しそうにしていた彼は、ようやく美優から離れて一階に下りていった。

「もう、壮一郎さんったら、朝っぱらからアマアマなんだから……」

美優はそう呟きながらも、表情筋が目一杯緩むのを止められずにいる。

妊娠がわかってからの彼は前にも増して美優を大事にするようになり、時にはそれが度を超す事もあるくらいだ。

今日のように、朝起きるのが苦手になった美優に代わって朝ご飯を作り、夜寝る前は身体のあちこちをマッサージしてくれる。

相変わらずの激務なのに、壮一郎にとって美優の世話を焼く事が心の安寧に繋がり、リラックス効果も得られると言って聞かない。

彼はすでによきパパぶりも発揮しており、医師としても担当医と連携を取り万全の体勢で美優の妊婦生活をサポートすると言ってくれた。当然、病院主催のマタニティ教室にも参加する気満々で、毎日お腹に頬をすり寄せて何かしら長々と話しかけたりしている。

その後、タイミングを見計らってそれぞれが職場と実家に妊娠の事実を明かし、後日二人して互いの両親祖父母に挨拶に行った。

仕事に関しては今のところ出産後も継続して「エルフィこども園」で働く予定で、育児休暇を取ったのちは職場復帰する予定だ。

「よかったわねぇ！　くれぐれも無理をしないようにね」

「おめでとう！　二人の赤ちゃんを見るのが楽しみだわぁ」

報告を受けた人達は皆、口を揃えて祝福してくれた。

特に双方の両親と祖父母達は大喜びで、現在は地方の無医村に移り住んでいる壮一郎の祖父は、専用のクラウドサービスを使ってタブレットの画面越しにお祝いの言葉をかけてくれた。

中でも理恵の喜びようは驚くほどのもので、早々に最新の妊娠に関する本を買い込んでよき「ばーば」になるべく、いろいろと勉強をしている様子だ。

そんな中、一人だけ「おめでとう」の言葉ひとつ言わないどころか、報告を受けた途端苦々しい表情を浮かべたのが真子だ。

土曜日の午後、たまたま美優が実家に立ち寄った際に、先に来ていた真子にリビングで顔を合わせた。

そこで、懐妊の報告するなり、真子は目を吊り上げて頬を引きつらせたのだ。

「は？　何妊娠とかしてんのよ。しかも、私のお腹の子と同学年になるとか、ありえないんだけど！」

先に身ごもった真子の予定日は来年の四月半ばだから、確かにこのまま何事もなければ姉妹の子は同学年になるだろう。しかし、前もって何か約束していたわけでもないし、そんな事を言われる筋合いはない。

「普通、遠慮して一年遅らせるとかするもんでしょ。それってわざと？　私に先を越されたから悔しくて大急ぎで身ごもったってわけ？　そもそも、あんたのお腹の子って本当に壮一郎さんの子供なの？」

「真子！　なんて事を言うんだ！」

その日休みで家にいた昭が、めずらしく声を荒らげて真子を叱った。

一瞬その剣幕に怯んだ様子の真子だったが、すぐに眉間に縦皺を寄せて父親を睨みつけた。

それからすぐに母親に視線を移すも、理恵から出た言葉は真子が望むものではなかった。

「そうよ、真子。おめでたい話なんだから、一緒に喜びましょうよ」

突然人が変わったような発言を聞かされ、真子は即座に口をへの字にする。

「何がおめでたいのよ！　一緒に喜ぶですって？　お母さん、病気で脳味噌がどうかしちゃったんじゃないの?」

「真子! いい加減にしなさい!」

再び昭が真子を一喝し、その場がピリピリとした緊張感に包まれる。

常に見方をしてくれた母親が敵側に回り、普段何も言わない父親からの叱責を受けた――。それが真子の怒りの火に油を注ぐ事になってしまったみたいだ。

「何をいい加減にしろって? お父さんのくせに偉そうな口をきかないでよ! だいたい、男なんて妊娠に関しては種付けの役割しかしてないじゃないの。DNA鑑定でもしなけりゃ誰の子かわからないのは当然でしょ!」

言い終わるなり、真子が勢いよくソファから立ち上がった。

「忙しい中、わざわざ様子を見に来たのに気分悪い! 私、もう帰るわ」

美優の顔と膨らんだお腹を一瞥すると、真子がわざとのようにドタバタと音を立てて家を出て行ってしまった。

真子にしてみれば、激変した両親の態度を受け入れがたかったのだろう。

何せ、いつも傍観するだけだった昭から叱られた上に、味方だと思っていた理恵が別人になったような発言をしたのだ。

びっくりするのも無理はない。けれど、それも理恵の入院以来疎遠にしていた自分が蒔いた種だ。

そもそも、普段めったにこの家に顔を出さないはずの祖父母と両親が、仲良くテーブルを囲んでお茶を飲んでいる時点で、おかしいと思わないはずがない。

ろくに話さないまま帰ってしまった真子だが、理恵の入院をきっかけに、ここにいた家族の相関図が大きく変わってしまったのには、気づかざるを得なかっただろう。

「顔見て十分も経たないうちに帰るなんて、嵐みたいだね」

気まずい雰囲気を一蹴しようと、美優はわざと明るい声を出した。

「ほんとね。でも、元気そうでよかった。美優はどうなの？　調子が悪かったりしない？」

「うん、今のところ特に問題ないよ。出産経験のある友達には、そろそろつわりが始まる頃だって脅かされてるけど」

克子に聞かれて、美優はお腹をさすりながら答えた。

「そういえば、お姉ちゃんって妊娠五カ月でしょ？　戌(いぬ)の日の安産祈願とか、もう行ったのかな？」

「さっき聞いてみたら、もう勝一さんと一緒に行ってきたみたいよ。美優はもうどうするか決めてるの？」

理恵に訊ねられ、美優は笑顔で首を横に振った。

「まだ少し先だから、まだその辺りの事は決めてないの」

「そう。じゃあ、二人で話し合って決めたらいいわね。もし私やお父さんにできる事があったら、何でも言ってちょうだいよ」

「うん、ありがとう」

母娘の若干ギクシャクとしたやり取りを、克子が微笑んだ顔で見つめている。

自宅療養になってからひと月になるが、理恵は順調に回復しており、表情もかなり豊かになった。

美優が見る以前の理恵は常に口がへの字だったが、今はもう眉間の縦皺もなく穏やかそのものといった顔をしている。

そんな嬉しい変化があったおかげか、家ではいつも小さくなっていた昭にも笑顔が増えた。

祖父母が自宅に帰る時に一緒に実家を出た美優は、ついでに少し散歩をすると言う理恵とともに家の前の道を歩き出した。

「お母さん、毎日散歩するの続けてる？」

「もちろん。行く時にたまたまお義母さんが庭に出て花に水をやったりしてると、一ったらしい。

理恵曰く、はじめに誘ったのは自分からで、声をかけるのにかなりの勇気が必要だったらしい。

入院をきっかけに美優と和解した理恵は、自分の生い立ちを振り返り、克子との関係をはじめからやりなおしたいと思うに至ったようだ。

「お母さんの両親は、すごく仲が悪くて喧嘩ばかりしてる夫婦だったわ。私には兄姉がいたんだけど、みんな自分を守るのに精一杯だった。強い者に媚びて弱い者をないがしろにするのは当たり前でね――」

理恵の実家は地方の農村地に古くから続く家で、亡くなった両親は二人ともそこで生まれ育って見合い結婚をした。

まだ男尊女卑が色濃く残っているそこでの暮らしは何かと窮屈で、家には祖父母や曽祖母もおり、理恵は一家の中で一番若く立場も弱かったようだ。

曽祖母と祖母、祖父母と母親はそれぞれに折り合いが悪く、両親の仲も険悪。そんな生活から逃げ出したくて高校卒業を機に逃げるように家を出て以来、理恵は実家とはほとんど絶縁状態だった。

「みんな揃いも揃って意地っ張りな頑固者でね。家族なのに敵味方に分かれていがみ合ってた。お母さん、それが嫌で逃げてきたのに、気が付けば自分の母親と同じ事をしてたのについこの間気が付いたの。ほんと、馬鹿よねぇ……」

歩きながらポツポツと話をする理恵は、昔自分が母親から疎まれる立場だったようだ。それでも何とか独り立ちをして昭と職場結婚をした当初は、まだよかった。

敷地内同居を始めてすぐに、ちょっとしたすれ違いがもとで義両親との仲にひびが入り、それに伴って夫婦の関係も悪くなっていった。

「当時はまだ、それほど東京での生活に慣れてなかったし、友達もいなかったのよ。きっと、いろいろあって精神的に参っちゃってたのよね。真子が生まれた頃はまだよかったけど、美優の出産を控えた頃にはもう――」

そこ頃の理恵は、根拠のない被害妄想に囚われて義理の両親を敵視するようになった。夫に訴えても暖簾に腕押し。それがまた気に入らず、ますます意固地になって気が休まる暇がなかったらしい。

「お母さん、そもそもどうしておばあちゃんと……？」

美優が訊ねると、理恵はしばらくの間考え込んだのちに口を開いた。

「美優が生まれたあと、お母さん、産後の肥立ちが悪くて少し寝込んでた時期があったの。その間、美優をおばあちゃんに預けっぱなしになっちゃってね」

理恵が、当時を思い出すかのように、遠い目をする。

「気にはなっていたのよ。だけど、あの頃は真子の赤ちゃん返りもあったりして、つい楽なほうに流れてしまって」

すっかりおばあちゃんっ子になった美優は、理恵が抱っこしようとしても泣いて嫌がる。

それがきっかけで、もともとギクシャクしていた義両親との仲がさらに悪くなり、ついには自分に懐かない美優を遠ざけるようになったようだ。

「おばあちゃんは悪くない。でも、あの時は悪いのは私じゃない。ぜんぶおばあちゃんのせいだって思い込む事で現実逃避してたのよね」

そんな理恵の歪んだ自己防衛は、やがて夫と子供達をも巻き込んで家族の在り方まで歪めてしまったというわけだ。

「みんなには、本当に悪い事をしたと思ってる。全面的に許してもらえるとは思ってないけど、これからは今までの自分を反省しながら、少しずつでも距離を縮めていくつもり」

少しずつ話すようになった理恵と克子だが、むろんすぐに何事もなかったかのように仲良くなれるはずもない。

けれど、理恵が過去の言動を悔い心から克子に謝罪したのをきっかけに、二人の仲はかなり改善されているように思える。

小さな公園前に差しかかり、美優は理恵を誘ってベンチに並んで腰かけた。

職業柄、子供を産んだばかりの母親が育児に疲弊して、心がすさんでしまったのを目の当たりにした事もある。

誰だってそうなる可能性はあるし、理恵もそのうちの一人だったのだろう。

「お母さんも、辛かったんだよね。でも、きっともうこれからはそうじゃなくなるよ」

美優は、そう言って理恵の肩にそっと頭を預けた。

「そうだといいな」

理恵が呟き、美優の頭を撫でてくれた。

美優はにっこりと笑うと、家族それぞれの未来が幸せなものになる事を心から願うのだった。

十二月に入り「岩沢総合病院」の玄関前にクリスマスのイルミネーションが設置さ

れた。

　メインは大きな桜の木に電飾を巻き付けたクリスマスツリーで、その周りには雪だるまやトナカイがピカピカと光っている。

「エルフィこども園」でも恒例のクリスマス会が行われ、当日はスペシャルゲストとして背の高いイケメンサンタクロースがプレゼントを配りに来てくれた。

「壮一郎さん、今日はサンタさんになってくれてありがとう。みんな、大喜びだったね」

　その日の夜、美優はチキンのハーブ焼きとクリームシチューの晩ご飯を食べながら壮一郎の活躍を誉めそやした。

　毎年、サンタクロース役は「岩沢総合病院」の医師に頼んでいるが、今年は壮一郎に白羽の矢が立った。

　交渉役は当然美優であり、壮一郎は二つ返事で白髭に白と赤の衣装を着る事を快諾してくれたのだ。

「それにしても、壮一郎さんったらゼロ歳の女の子にまでモテちゃうんだもの。びっくりしちゃった」

　例年、乳児はサンタクロースを見て泣き出す事が多いが、今年に限っては全員が機嫌よくクリスマス会を楽しんでくれた。

「なんでだろう？　同じ髭に衣装なんだけどな……。何が違うんだろう。声？　それとも雰囲気かな？」

美優はスプーンを片手に持ちながら、クリームシチューを口に運ぶ夫の顔をまじまじと見つめた。

その視線を受け止めると、壮一郎がニヤリと笑いながらウインクをしてきた。

「なっ……そ、壮一郎さん、まさか乳児相手にウインクとかしてたの？　だから、泣かずにニコニコしてたのね」

美優が目を丸くしていると、壮一郎が可笑しそうに笑った。

「ウインクはしてないけど、百面相みたいな感じであやしたりはしたかな」

壮一郎が美優に向かって舌を出し、お道化た顔をして見せる。

「ふふっ、なぁんだ、そうだったのね。でも、それって壮一郎さんだから笑ってくれたのかも。だって、ほかの先生も同じようなあやし方をしてくれてたし、それで余計泣き出したりしてたのよ」

美優は首を傾げながら、今年のクリスマス会を振り返ってみた。

思い返してみれば、イケメンサンタクロースを見て笑顔になっていたのは園児だけではない。

園長や保育士を始め、ちょうど保育実習に来ていた三人の女子大生まで壮一郎サンタに視線を奪われていたように思う。

夫が大好きな妻の欲目だと言われたら、そうかもしれない。

けれど、少なくとも一番プロポーションがよく目鼻立ちがはっきりした美人実習生は、明らかに壮一郎を異性として意識している様子だった。

脳外科医である壮一郎は、仕事中は結婚指輪を着けていない。

美優もそうであり、夫婦の指輪は、ほとんど自宅のリングケースの中にしまわれたままだ。

以前そうだったように、美人実習生の出現をきっかけに、美優は壮一郎のモテ男ぶりが気になり始めていた。

「そういえば、先週、佐藤先生が遥奈ちゃんのお迎えに来た時に言ってました。『最近、岩沢先生が一段とかっこよくなったって評判だよ』って。病院にも実習生が来てますよね？　きっとそっちでもモテてるんだろうな」

「そっちでもって？」

「わかってるくせに」

ブツブツ文句を言う美優を見て、斜め横に座っている壮一郎が椅子を引いてすぐ隣まで近づいてきた。

「もしかして、やきもちを焼いてくれているのかな？」

ズバリと指摘され、美優はたじたじとなって無言のままそっぽを向く。

「心配しなくても、僕は美優一筋だよ。わかってるくせに」

壮一郎が、美優の口調を真似て唇を尖らせる。

指先でチョンと頬をつつかれてみて、はじめて自分がフグのように頬を膨らませていた事に気づいた。

「心配しなくても、僕が愛してるのは美優だけだ。お腹には二人の愛の証が宿ってるし、僕達夫婦の間には誰一人割り込めない。そうだろう？」

そう語りかけてくる壮一郎の声が、やけに低く甘い。

それにすっかり懐柔された美優は、頬を染めながら壮一郎を振り返った。

「私、壮一郎さんを愛してる。毎日そう思うし、今だって好きで好きでたまらなくって……。壮一郎さんが私を愛してくれてるのはわかってる。『だけど、それとやきもちを焼くのとは完全に別物だ』──って感じで……」

最後のフレーズは、かつて壮一郎がやきもちを焼いた時に美優に言ったのを真似たものだ。

それに気づいた壮一郎が、愉快そうに声を上げて笑った。そして、美優を椅子ごと引き寄せて、唇にキスを落としてくる。

「可愛い美優には、誰にも指一本触れさせたくない——美優も、あの時僕が言ったのと同じように思ってくれてるって事で間違いないかな？」

額を合わせたままでいるから、壮一郎の目が目前に見える。

きっと今、自分の瞳にはハート型の光がきらめいているに違いなかった。

「うん、間違いない……」

そう言い切る唇を塞がれ、長いキスが始まる。

美優はずっと持ったままだったスプーンを手探りでテーブルの上に置くと、腰を浮かせて壮一郎の首に腕を絡みつかせるのだった。


年末年始のあわただしさも通り過ぎ、ようやくいつもの日常が戻ってきた頃、美優は妊娠五カ月目を迎えた。

性別はまだわからないが、お腹もだいぶ目立つようになり、最近は胎動も感じるようになっている。洋服も、お腹まわりを締め付けないワンピースを着る事が多くなった。

むろん、外出する際は下に厚手のタイツなどを穿いて寒さ対策も万全にして出かける。

その日、妊婦健診を受けるために「岩沢総合病院」を訪れていた美優は、予約していた時間の五分前に産婦人科前の待合室に置かれた長椅子に座っていた。

周りには五人の妊婦がおり、そのうちの二人の横に夫らしき男性が寄り添っている。

午前中の今の時間は健診のみの受け付けで、辺りには比較的のんびりとした雰囲気が流れていた。

「美優、おまたせ」

「あ、壮一郎さん。来てくれたのね」

廊下向こうからやって来た壮一郎が、にこやかに微笑みながら美優のそばで立ち止まった。

妊娠五カ月以降は腹部エコー検査が行われ、パートナーも診察室に入る事ができる。

今日は自宅待機日だった壮一郎は、美優と一緒に家を出てここに来る予定だった。しかし、早朝に呼び出しがあって、そのまま緊急オペに駆り出されていたのだ。

「間に合ってよかった。もう呼ばれそう？」

「次、呼ばれると思う」

急いできてくれたのか、話す息が少し弾んでいる。辺りを見回して座る場所が十分ある事を確認すると、壮一郎が美優の隣に腰を下ろした。

「今朝少しお腹が張ると言ってたけど、大丈夫か？」

「うん、今はぜんぜん平気」

「そうか、それならよかった。つわりはどうだ？」

「今は大丈夫。それに、念のためバッグに非常食が入ってるから」

眠気は感じるものの、四カ月までは特に目立った症状はなかった。

けれど、五カ月目に入って少し経った頃、急に胃のむかつきを感じるようになり、同時にやけに食欲旺盛になった。

それはいわゆる食べづわりというもので、一般的に妊娠四週頃からはじまり、二十週目頃には落ち着くと言われている。

美優の場合は少々時期がずれているようで、ここ数日は特に空腹になると気持ちが悪くなった。そのため、美優は外出する時は常にバッグの中に何かしら口に入れるものを常備しているのだ。

「あれ？　入れたはずのグミがない……。テーブルの上に置き忘れてきちゃったのかな」

それは壮一郎が専門店で買って来てくれたこだわりの品で、オーガニック素材を使った果汁百パーセントのグミだ。

園長に許可をもらって職場にも置いてあり、今や美優にとって精神安定剤のような役割を果たしてくれていた。

それがないとわかった途端、空腹時に感じる胸のむかつきを思い出してしまう。

「どうしよう……」

不安そうな顔をする美優の手を取ると、壮一郎がジャケットの内ポケットを探った。

そして、美優の手を上向きに開かせて、その上に小さな小袋を三つ置いてにっこりする。

「あっ、グミ！　壮一郎さん、わざわざ持ってきてくれたの？」

「いつ必要になるかわからないから、美優と外出する時は持ち歩くようにしているんだ」

ホッとしたその時、名前を呼ばれ壮一郎とともに診察室に入る。彼の大学の先輩でもある担当医が、二人を見て微笑みを浮かべた。

「相変わらず仲がよくて、羨ましいくらいだわ。では、診察を始めましょうか」

美優が診察台の上でお腹を出した状態で横になると、はじめに心音を聞かせてくれた。元気な心臓の音を聞いて一安心したあとは、エコー検査に移り、モニターを見ながら赤ちゃんの大きさや成長具合をチェックしてもらう。

「とても順調に育ってるわね。現在の身長はおよそ二十四センチ。体重は二八〇グラムくらいね」

担当医の言葉に頷きながら壮一郎を見ると、いつになく真剣な表情を浮かべながら、絶えず口元を綻ばせている。続けて４Ｄエコー検査に移り、より細かく赤ちゃんの状態をチェックしていく。

「今、あくびしましたよね？　わぁ……すごく元気に動いてる」

お腹の子の立体的な映像を見て、否が応でもテンションが上がる。

美優は画面に映る我が子に見入りながら、改めて妊娠の喜びをひしひしと感じた。

「鼻の形とか、美優に似てるんじゃないか？」

「え？　私より壮一郎さんに似てると思うな」

そんな夫婦の会話を、担当医が笑顔で見守ってくれている。

（壮一郎さん、すっごく嬉しそう）

説明を聞きながら相槌を打っている彼の顔には、すでに父親としての風格が見え隠れしている。自分と同じくらいの熱量で赤ちゃんの誕生を待ち望んでいるのがわかって、美優はこの上なく幸せな気分になった。

「身体を丸めて指しゃぶりをしてるような格好になったわね。この状態では、ちょっとまだ性別はわからないわねぇ」

結局性別の判定は次回に先送りになったが、母子ともに健康で今のところまったく問題ないと言ってもらえた。

どちらともなく身を寄せ合い、壮一郎とともに診察室を出る。

その途端、待合室にいた全員の視線が一斉に自分達のほうに集まってきた。

二人を見比べる素早い目の動きや、美優に向けられる値踏みするようなまなざし。

少なからず驚いた美優は、一歩踏み出そうとした足を止めた。

その拍子に少しだけよろめいた身体を壮一郎の腕に支えられ、美優は彼の身体に寄りかかるような姿勢になる。

「大丈夫か？　少し座って休んでいく？」

「ううん、大丈夫。平気だから、もう行きましょ」

美優は壮一郎を急き立てて、産婦人科の待合室をあとにした。途中、視線を感じてうしろを振り返ってみると、案の定待合室にいる大半の人がこちらをじっと見つめている。美優はなんとなく居たたまれない気分になり、まっすぐ進むべき廊下の十字路を左折した。

「急に曲がったりして、どうかしたのか？」

歩きながらそう訊ねられ、美優はキョロキョロと辺りを見回してから立ち止まった。

「だって、あそこで待っている人達が全員私と壮一郎さんを見てたから……。きっと、いろいろと思われてるんだろうなって」

「いろいろ？　ああ、僕と美優がお似合いのカップルだって事か？　うん、確かにそういった目でジロジロ見られてたな。美優が照れるのもよくわかるよ」

「へ？」

自分が思っていたのと真逆の事を言われ、美優は呆気に取られながら壮一郎の顔を見上げた。

彼は美優の思惑をよそに、大いに喜んで悦に入っている様子だ。

「僕と美優は、誰が見てもお互いに深く愛し合っている夫婦だからな。二人の想いがだだ漏れになってるって自覚はあったんだけど、まさかそこまでバレバレだったとはな」

壮一郎が、相貌を崩して含み笑いをする。機嫌よく話す彼の様子を注意深く観察してみたが、どうやら本気でそう思っているみたいだ。

「私と壮一郎さんが、お似合いのカップル？」

「うん、そうだよ。僕が言うんだから間違いない」

きっぱりとそう断言され、美優はぱあっと顔を輝かせた。

愛し愛され幸せでいる事は、夫婦のあるべき姿であり基本中の基本だ。実際に何か言われたわけでもないのに、つい卑屈な考え方をしてしまった。

美優は心の中で自分を叱り飛ばし、壮一郎の腕にギュッとしがみついた。

「あ、ごめんなさい。病院は壮一郎さんの神聖な職場なのに」

急いで離れようとする腕を掴むと、壮一郎が美優を倉庫部屋に続く短い通路に引っ張っていく。

背中を壁に押し当てられ、上からじっと見据えられる。

「今の僕は医師じゃなくて、妊婦健診に来た妻に付き添っている夫だ。だから、ちょっとだけ不謹慎な事をしても許してもらおうかな」

職場では常に品行方正な壮一郎が、何事か企んだような表情を浮かべる。まるで恋愛系医療ドラマのワンシーンを演じているみたいだ。

そんな顔をされたら、ダメだなんて言えるはずもない。

甘い閉塞感に囚われた美優は、うっとりと目を閉じて薄暗い廊下の一画で壮一郎と静かにキスを交わすのだった。

妊娠中期に入り、お腹がどんどん大きくなり始めている。

仕事中の美優はウエストがゴムになったパンツを愛用しており、妊婦になった今は普段よりワンサイズ上のものを穿いていた。

「だいぶ動きづらくなってきたんじゃない?」

子供が二人いる先輩保育士が、美優のお腹を見てにこやかに話しかけてきた。

「そうなんですよ。歩くにもちょっとガニ股気味になっちゃうし、何をするにしてもどっこらしょって感じで」

お昼寝の時間を迎え、美優は園児を寝かしつけ終えて事務室に入った。

園児の年齢によって少しずつ時間はずらしてはいるが、今はちょうど全員が眠っている時間帯だ。その間、二名の保育士がペアを組んで順番で園児達を見守り、事故や怪我がないように気を配っている。

今日は見張り当番ではない美優は、椅子に座り机の上に広げた色画用紙を切り貼りして、来月壁に貼るための鬼を作り始める。

テーマは「節分」で、赤鬼と青鬼がニコニコ笑顔で豆を撒いているところを表現するつもりだ。

「美優先生、ほんと絵を描くの上手よね。可愛いし、色合いもすごくいいわぁ」

「ありがとうございます。私、小さい頃からお描きとか工作だけは得意だったんですよね。だから、手先が器用だって思われるんですけど、ご存じの通りピアノはイマイチで」

「私は逆にお絵描きが苦手なのよね。保育実習の時には、それでかなり苦労したなぁ」

「私なんか若干音痴気味よ。だけど、そこは持ちつ持たれつで、上手く補い合ってやっていけてるから、すごく助かってる」

「エルフィこども園」の就職面接を受ける時、美優は事前にピアノがあまり得意ではないと正直に話した。けれど、園長はすべてが完璧な保育士よりも苦手なものがある人のほうが面白いし、助け合えると言ってくれたのだ。

（私って、なんだかんだ言って人に恵まれてるなぁ）

パンツの形に切った黄色い画用紙に、マジックで虎模様を描き加える。髪の毛用に用意した緑色の毛糸をほぐしている時、園庭から子供の泣き声が聞こえてきた。

「あれ？　あの声は遥奈ちゃん？」

美優は咄嗟に立ち上がり、部屋を出て園庭に向かった。

すると、園庭の奥に置かれた木製の滑り台の前に、寛太という名の男の子がいる。

遥奈は滑り台の上におり、天板を囲む柵の横板に足をかけて、さらに逃げようとしている。

「寛太君、あっち行って！」

「やーだ！」

遥奈と寛太は喧嘩をしているようで、上と下でにらみ合っている。

美優が二人のもとに駆けつけるのと前後して、昼寝の見張り番だった保育士が血相を変えて走り込んできた。

「ごめんなさい！　私、うっかりして――寛太君、お部屋に戻ろう？」

「やーだ！」

「遥奈ちゃん、そこに昇ったら危ないよ。下りてきて」

「やーだ！　寛太君、あっち行ってよー！」

「やーだ！　やーだ！」

寛太が滑り台の周りをぐるぐると走りながら回り始め、駆けつけた保育士がそれを追いかける。

美優は、なおも上に行こうとする遥奈を見守りつつ、ゆっくりと下りてくるよう諭し続けた。

「じゃあ、下りる」

遥奈がそう言った時、寛太が急に滑り台の階段を上り始めた。それに気が付いた遥奈が、近づいてくる寛太から逃げようとして柵の上から身を乗り出す。

その拍子に、遥奈の上半身がぐらりと揺れ、足がつま先立ちになる。

「きゃあああっ！」

途端に遥奈の金切り声が聞こえ、それと同時に身体が柵の外側に乗り出すような格好になる。

「遥奈ちゃん！」

美優は手を差し伸べながら柵の下に駆け寄り、前のめりになって落ちてきた遥奈の身体をしっかりと腕の中に受け止めた。

同時にお腹に刺すような痛みが走り、一瞬で血の気が引く。

びっくりして大声で泣き出した遥奈をほかの保育士に託すと、美優はお腹を押さえてその場にしゃがみ込んだ。

「美優先生！」

走り寄ってきた園長が叫ぶ声が聞こえる。

美優は意識をお腹に集中させながら、ただ一心に我が子の無事を祈り「ごめんね」と「大丈夫」を口の中で繰り返すのだった。

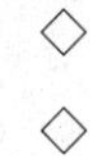

緊急搬送されてきた患者の開頭血腫除去術を終え、壮一郎は医局でひと休みしていた。

昼食をとるべき時間はとっくに過ぎており、食べるつもりで買ったクラブサンドイッチはすでにほかの医師の胃袋に納まっている。

(バナナでも食べるか)

こんな時のために常備しているバナナを専用のスタンドから一本取り、用意したコーヒーとともに胃の中に流し込む。食べ終えてソファの背もたれに身体を預けていると、ドアが開き美優を見てくれている寺田(てらだ)産婦人科医が部屋の中に入ってきた。

「あ、岩沢先生。ここにいたのね。ちょうどよかったわ」

寺田が言うには、壮一郎がオペ室にいる間に美優が産婦人科の救急外来に来たらしい。

「それで妻とお腹の子は——」

事情を聞いたのちに血相を変えて立ち上がる壮一郎を見て、寺田が指でオッケーマークを作る。

「安心して。奥さまもお腹の子も大丈夫。何ともなかったから心配しないで」

寺田が言うには、事前に「エルフィこども園」の園長から電話があり、特に心配する必要はないと判断した。しかし、万が一という事がある。念のため緊急外来に来て診察をしたが、結果的にまったく問題はなかったらしい。

「そうですか……よかった」

「滑り台と言っても、あそこのはさほど高さもないし、自然と受け止め方もお腹に当たらないようなものになっていたみたい。今頃自宅で安静にしてると思うわ。帰ったら気にかけてあげてね——って、私が言うまでもないわよねぇ～」

寺田が美優の担当医になってからというもの、壮一郎は彼女と顔を合わせるたびに妊娠に関する質問をしていた。

超がつくほど多忙でありながら、できる限りスケジュールを調整して健診やマタニティ教室に付き添うのは当たり前。当然、戌の日の安産祈願も夫婦で行ってきたし、家事分担も増やした。

今や壮一郎の愛妻家ぶりは、産婦人科のみならず病院内で知らない者はいないくらい広く知られている。

壮一郎はすぐに美優のスマートフォンに連絡を入れたが、休んでいるらしく応答はない。それでも気になって何度かメッセージを送ったりしたのち、ようやく数時間後に「大丈夫。安心して」と返事がきた。

(よかった……)

ちょうど回診を終えたばかりだった壮一郎は、心底ホッとして医局のソファにどっかりと腰を下ろした。

お腹の子は羊水に浮かんでいる状態で、外からの衝撃は受けにくいらしい。

今回のケースもお腹の張りだけで済んだようだが、正直話を聞いた時は生きた心地がしなかった。

(美優は人一倍責任感が強くて優しいからな)

夫婦で寛いでいる時、美優はよく「エルフィこども園」で起きた出来事を話してくれる。言葉の端々に美優がいかに仕事熱心で保育という仕事に誇りを持っているかがよくわかった。

どの職業でもそうだが、そこにやりがいを見つけたらモチベーションも上がるし、仕事自体に生き甲斐を感じられる。日々あれこれと悩んでも、その仕事を愛する事ができていれば、おのずと結果はついてくるものだ。

けれど、だからといって危険を顧みずに身を投げ打ってばかりいると自身の健康を損ねてしまう。それは医師として壮一郎自身も気を付けている事だが、ついつい忘れてしまい「医師の不養生」状態に陥りがちだ。

美優もその傾向にあり、そんな彼女にシンパシーを感じたのが二人の今に繋がるきっかけのひとつになったのは間違いない。

実際、壮一郎は美優が気になり始めてからというもの、それとなく同僚医師から美優の噂話を聞かされたあと、個人的に気になってしまい、いけないと思いつつもカルテを見て怪我の状態を確認した事があった。

保育の仕事中に負った怪我は、広範囲の擦り傷から指の骨折に至るまで、すべて子供を危険から守るためのものだった。幸い、いずれも問題なく労災での処理をされており、特に問題もなく完治もしている。

交際期間中にそれとなく業務中の怪我について訊ねたら「子供が怪我をするくらい

なら自分が怪我をしたほうがいい」と笑っていた。

『それに、怪我をするのは私が保育士として未熟だからです』

そう言って悩ましげな顔をした時の事は、今も記憶に新しい。

壮一郎が思うに、保育士と園児の関係性は医師と患者のそれと共通点がある。

医師としての壮一郎は、持てる知識と技術を総動員して患者が健康を取り戻せるよう努力している。

美優もそれと同様で、保育士としてあるべき姿を自分なりに追求した結果、怪我が多くなってしまったのだろうと思う。確かに経験が浅いせいもあるだろうが、彼女のそんな姿勢が壮一郎の心に響いたのは確かだ。

(自分をそっちのけで園児を守る美優。じゃあ、僕はそんな美優を守る存在になりたい——そう思ったんだよな)

このまま何事もなければ、今日はさほど遅くならずに帰れそうだ。

壮一郎は勢いよくソファから立ち上がると、入院している患者の状態を確認するために巡回に向かった。

滑り台前の一件があった直後、美優は大事を取って「岩沢総合病院」の産婦人科を受診した。担当医の寺田に診てもらったが幸い母子ともに異常はなく、急な刺し込みは驚いた事で一気にお腹が張ったせいだったようだ。

「でも、今後はくれぐれも気を付けてね」

三歳児とはいえ、もう体重は十五キロ近くある。安定期に入ったとはいえ決して油断はできないし、お腹に衝撃を与えるような動作はもってのほかだと注意された。

その日は園長の指示により早退する事になり、美優はすぐに帰宅してベッドで横になった。

(遥奈ちゃん達も、びっくりしてたな。今後はもっと注意して行動しないと)

二人の園児はもとより、お腹の赤ちゃんも急な事で驚いたに違いない。

(びっくりさせてごめんね、赤ちゃん。寛太君も遥奈ちゃんも、ごめんね)

いくら遥奈を助けるためとはいえ、妊婦として軽率な行動だっただろうか？

けれど、あの時一番近くにいたのは自分だったし、美優が助けなければ遥奈は間違いなく怪我をしていた。どのみち、助けないという選択肢などあるはずもなかった。

しかし、たとえそうであっても、もっと落ち着いて行動していたら、これほど大騒ぎにならずに済んでいたかもしれない。

そんな事を考えていると、一気に気持ちが沈んできた。

そのうち心ばかりか身体まで重くなったような気がして、美優はベッドの中で膝を抱えて横向きになって丸くなる。

(大好きな壮一郎さんとの赤ちゃんなのに……。大切で、世界一大事なかけがえのない命なのに——)

知らぬ間に目から涙が溢れ、枕がしっとりと濡れ始める。

しかし、グズグズと泣いたりすると余計胎教に悪いのでは？

お腹の子は大丈夫だと言ってもらえたし、済んだ事をいつまでも悔やむよりも楽しくしているほうがいいに決まっている。

美優は涙を掌で拭うと、口角を上げてにっこりした。

以前壮一郎に聞いた話では、笑うと脳内の幸せ中枢が刺激され不安やストレスを軽減して気分をよくしてくれるらしい。

たとえ作り笑顔でも効果があると聞いて、美優は何かあった時は意識的に笑うようにしていた。

（お腹の赤ちゃんは無事だったし、遥奈ちゃんも寛太君も怪我をしてない。私も大丈夫だったんだから、それだけでもよかったって思わなくちゃ）

幸いにも、壮一郎と出会って以来楽しい事だらけだ。今の幸せがあるから、辛かった過去も心の一画にきちんと整理しておいておけるようなった。

壮一郎に愛されているという自信が、美優を無条件で幸せにする。

（だって、壮一郎さんは私の一番愛しい人だもの）

大袈裟ではなく本当の事だし、彼がそばにいてくれるからこそ活力がみなぎってくるのだ。

もはや出会う前はどんな生活をしていたか思い出せないくらいだし、彼なしで生き抜いてきた自分を褒めてやりたい気持ちになる。

そうこうしているうちに夕方近くになり、美優はベッドから起き上がって何気なくテーブルの上に置いていたスマートフォンを手にした。画面を見ると、壮一郎からの着信履歴が数件と美優とお腹の子を気遣うメッセージが届いていた。

音を消していたから、まったく気づかなかった。メッセージを読んでみると、どうやら産婦人科の寺田経由で話を聞いたようだ。

「うわぁ、私の一番愛しい人に心配かけちゃった」

美優は大急ぎで壮一郎からのメッセージに返信した。

仕事中なので、すぐには既読にならない。けれど、きっとこれを読んだあとは一安心してくれるだろう。

「壮一郎さん、早く帰って来れそうだし、今日は鉄分たっぷりの牡蠣鍋にしよう」

それからすぐにキッチンに向かい、晩ご飯作りに取りかかった。

牡蠣は昨夜遅くに義両親がおすそ分けだと言って、わざわざ持ってきてくれたものだ。新鮮で大粒の牡蠣をほうれん草や木綿豆腐と一緒に食べれば、妊婦で不足しがちな栄養素を一気にとる事ができる。

慎重に階段を下りて一階に向かう。キッチンで晩ご飯の準備を進めながら、ふと導入中の保育業務支援ツールでできる事のひとつに、お昼寝時間中の園児をカメラのセンサーを使って見守るというツールがあったのを思い出した。

保育園で最も避けなければならないのは園児の怪我や事故だ。

今日のお昼寝の時間も、規定通り二名の保育士がついて常に園児の様子を見守っていた。

けれど、今日のように同時に二人の園児がぐずったりした時は、一時的に手が回らない時があるのだ。天井にカメラを設置してモニターでチェックすれば、人の目とカメラのダブルチェックができるようになる。

そうなれば時間だけでなく保育士の心にもゆとりが生まれ、同時に安全性も高められるはずだ。

当然、その分費用がかかるが、今後「エルフィこども園」が大幅に拡張されるのを考えると、導入を検討してみてもいいのかもしれない。

（一度壮一郎さんに話してみよう）

美優が炊飯器に手をかけた時、ついさっきテーブルの上に置いたばかりのスマートフォンが着信のメロディを奏で始めた。

（もしかして、壮一郎さんかな？）

自然と口元を綻ばせながらスマートフォンを取り上げて画面を見た。

驚いた事に、電話をかけてきたのは壮一郎ではなく真子だ。

「もしもし――」

『あら、電話に出たんだ。てっきり寝込んでいるのかと思ったのに。あんた、園児を助けて病院に運び込まれたんでしょ？』

「え？　なんで知ってるの？」

『今、実家にいるの。つい今しがた、山形さんが来て教えてくれたのよ』

山形というのは実家近くに住んでいる「岩沢総合病院」に勤務する事務局員だ。

彼女の娘は「エルフィこども園」に通う園児であり、どうやらお迎えの時に一連の出来事の話を聞きかじった様子だ。そして、たまたま帰り道に真子と顔を合わせ、美優に関する話を聞いたという事だったらしい。

『で、お腹の子はどうなったの？』

「お腹の子には影響なかったよ。受け止めた時は痛いって思ったんだけど、どうやらびっくりした拍子にお腹が張ってカチカチになっちゃったみたいで――」

『はあ？　たったそれだけで済んだの？　なぁんだ、つまんないの。わざわざ電話して損しちゃった。じゃあね』

「え？　あ……もしもし、お姉ちゃん？」

めずらしく電話をかけてきたと思ったら、あっという間に切られてしまった。

美優は、呆気に取られて画面をじっと見つめた。

（今の、何だったの？）

話を聞いて心配して連絡をくれたのかと思いきや、そうじゃなかった。

あの口ぶりからすると、まるでお腹の子に何かあったのを期待しているみたいだ。

昔から仲がいいとは言えない姉妹関係だが、いくら何でもあの言い方はひどすぎる。

(同じ妊婦なのに……。もしかして、何かあったのかな?)

妊娠していると妙にナーバスになったりする事がある。

先日美優が実家に顔を出した時に聞いた話では、真子は理恵が脳梗塞で入院したのをきっかけに美優との距離が縮まったのを快く思っていないようだ。

それに、どうやら勝一との夫婦仲が今ひとつよくないらしい。その件で悩んでいるのかもしれないし、そうでなくても真子は真子なりにいろいろと思うところがあるのだろう。

母親ともいい感じに関係を修復する事ができたのだ。

もしかすると、真子とだってそうできるかもしれない——。

そう思ったりもするが、逆に母親と疎遠になりつつある真子との関わりは、これまで以上に難しいものになりそうな気もしている。

気を取り直して晩ご飯の準備に取りかかり、ちょうど出来上がった頃に玄関のドアが開く音が聞こえてきた。

「あ、壮一郎さんが帰って来た!」

美優は洗い物をしていた手を止めて、玄関に急いだ。笑顔で出迎える美優を見て、壮一郎がホッとした表情を浮かべた。

「おかえりなさい」

「ただいま。美優、具合はどうだ？」

「もう大丈夫。心配かけてごめんね」

「問題はないと聞いていたから、僕は平気だ。美優、一人で心細かっただろう？　もう僕がそばにいるから大丈夫だよ」

身体を包み込むように抱き寄せられ、額の生え際にキスをされる。

自分でも気づかないうちに気を張っていたのだと思う。壮一郎の温もりに包まれた瞬間、全身からふっと力が抜けて彼の胸にくったりともたれかかった。

「……うん、壮一郎さんが帰って来たから、本当に大丈夫になったみたい」

美優はそう言いながら、ゆっくりと深呼吸をした。

背中と頭を撫でてくる掌が、この上なく優しい。

そうしてもらっているだけで、不足していたエネルギーがチャージされるみたいだった。

「晩ご飯は牡蠣鍋にしたの。先にお風呂入る？　それとも――」

訊ねる美優の唇を、壮一郎がいつになく熱烈なキスで塞いだ。

たちまち今日起こったよくない出来事が浄化され、美優はつま先立ちになって壮一郎のキスに応えるのだった。

「エルフィこども園」のお昼ご飯は、病院内の調理室で作られたものを食べている。作るのは保育園専属の調理師で、アレルギーの有無や年齢の違いによりメニューや量を調整していた。

保育士も同じものを食べるが、三歳児を担当している美優は園児の食事介助をしながら急いでかき込む感じだ。

幸い、つわりももうだいぶ落ち着いてきているし、体重管理もできている。

身体的には、だいぶ妊婦らしい体形になってきており、かなり足元が見えにくくなった。

そのほかは、足がつりやすくなったくらいだったが、つい先日受けた健診でお腹の子が逆子になっている事がわかった。

『まだ六カ月だから、心配いらないわよ』

寺田医師にはそう言われたが、やはり気になる。

自分なりに調べて逆子体操と呼ばれるものがあると知ったが、無理をしてお腹の赤ちゃんに何かあっては本末転倒だ。

結局、様子を見る事にしたのだが、次の健診でも逆子になったままだった。

悩んでいる美優を見て、壮一郎がひとつの対策として自分がこれまで以上にお腹の赤ちゃんに話しかけてみると言ってくれた。

「でも、壮一郎さんは今でも十分すぎるほど話しかけてくれてるでしょう？」

「いや、僕としてはもっと頻繁に話しかけたいし、できる事なら一日中美優のお腹に触っていたいくらいなんだ。それに、もう脳が発達してくる頃だから、何度も言っているうちにわかってくれるかもしれないよ」

お腹の赤ちゃんは順調に育っており、すでに身長が三十センチを超えていて、体重もおよそ七百グラムある。

今のところ九カ月になる直前に産休に入る予定だが、状況次第では少し早めたほうがいいかもしれなかった。

「話しかけやすいように、呼び名を考えたほうがいいかもしれないな」

「確かに、そのほうがいいかも。でも、何て呼ぶ？　まだ性別はわかってないし名前の候補も絞り切れてないし」

健診時には毎回エコー検査をしてもらっているのだが、性別に関してはまだ確証がない。

名前については夫婦でいろいろと意見を出し合っているのだが、性別がわかっていない事もあって絞り切れていなかった。

「何がいいかな……いつもエコー検査の時に丸くなってるから、まるちゃんとか？」

「まるちゃんか。いいね、それで話しかけよう」

夫婦は、それ以来お腹の子を「まるちゃん」と呼んで、事あるごとに語りかけたりお腹をさすったりした。

壮一郎は宣言通り、前にも増してまるちゃんに話しかけるようになり、学会に出席するために家を空けた時は電話越しに声を聞かせてくれた。

そして、庭の梅の花が満開になった日の朝、壮一郎がいつものように出かける前に美優のお腹をさすり、頭があるとおぼしき場所に熱心に話しかけ始めた。

「まるちゃん、元気かな？　今日の午後はまるちゃんの様子を見るために、病院に行くよ。先生に、もしもしをしてもらおうね。それと、まるちゃん。もうそろそろ逆さまの格好からもとに戻ったらどうかな？」

壮一郎が、ゆっくりとそう話しかけている間に、ソファに腰かけていた美優のお腹が、もごもごと動いた。

「壮一郎さん。今、まるちゃんが動いてる……」

美優が小声でそう報告すると、壮一郎が美優のお腹を下から支えるようにしていた手を、臍まわりに移動させた。

「どれどれ……」

二人して改めてお腹に注意を向けた途端、はっきりとした胎動があった。

それは、外からでもはっきりとわかるほどの動きで、それからすぐにピタリと止まって大人しくなる。

「今、まるちゃんがお腹の中でぐるんって回ったような……。わわっ！」

話している途中で、また動き出してあばら骨に小さな衝撃を感じた。

ちょうどその辺りに手を当てていた壮一郎が、小さく声を上げる。

「今、ここを蹴らなかったか？」

「蹴った！　今、確かに左側のあばらを蹴飛ばされた！」

お腹の中で回転するような胎動を感じたし、蹴られた場所的に逆子が治っている可能性大だ。

その日の午後、勇んで健診に臨んだところ、やはり思った通り逆子が治っていた。

一緒に来た壮一郎が、美優の隣でガッツポーズをする。

「ちゃんと治ってるわ。よかったわね。きっとママとパパの声が聞こえたのね。いい子ちゃんねぇ」

寺田に太鼓判を押され、美優は壮一郎と手を取り合って喜びを分かち合った。

昔と比べると帝王切開の技術は格段に進歩しているし、産科麻酔の安全性も向上している。出産までまだ少しあるから、再度逆子にならないとも限らない。

けれど、寺田を始め「岩沢総合病院」の産婦人科は優秀なスタッフが揃っており、万が一オペが必要になっても安心して任せられる。

むろん、名医揃いなのは産婦人科だけではないし、「岩沢総合病院」で働きたいと願う医療従事者は皆人一倍志が高い人ばかりだ。

これも、歴代の院長が地域密着型の病院として患者ファーストを貫いてきたおかげだ。

「壮一郎さん、一緒に来てくれてありがとう。じゃあ、私、先に帰ってるね」

診察室を出ると、美優は白衣姿の壮一郎からすぐに離れた。

今日は通常勤務だった彼は朝から二件のオペをこなし、休憩時間を利用して健診に同行してくれていたのだ。

そのため、白衣は着たままだし、いくら夫婦といえども院内で必要以上にくっつくのは好ましくない。

「ああ、気を付けて。僕も終わり次第帰るから、用意して待ってて」

今夜の晩ご飯は、逆子が治ったお祝いを兼ねて久しぶりに外食をする事になっている。

行き先は、結婚前に壮一郎に誘われて行ったフレンチレストランだ。そこは事前に注文すればオーダーメイドのディナーを楽しめる店で、シェフは壮一郎の古い友達でもある。

「わかった」

美優は壮一郎と視線を交わしたあと、エスカレーターがある方向に進んだ。病院からまっすぐに帰宅して、リビングのソファに座って思う存分お腹に話しかける。

「まるちゃん、お腹の中でぐるんってしてくれてありがとう。おかげで助かったよ。いい子だから、このまますくすく育ってね。ママ、頑張ってまるちゃんを産むから。はじめてだからちょっとドキドキするけど、会える日を楽しみにしてるからね」

ニコニコ顔でお腹に話しかけ、目を閉じて今の幸せを噛みしめる。

「それにしても、今日の壮一郎さん、かっこよかったなぁ……。白衣姿を見るのははじめてじゃないけど、見るたびにぜったいに素敵度がアップしてるよね」

美優はつくづくそう思いながら目尻を下げ、頬を緩めた。

『あの忙しさで毎回妊婦健診に同行するなんて、愛してなきゃできないわよねってみんな噂してるわよ』

壮一郎は知らん顔をしているが、寺田がこっそり教えてくれた事には、彼のデスクの上には夫婦で撮ったツーショット写真が飾ってあるらしい。

そうでなくても、ただでさえ人目を引く彼が妻とともに産婦人科を訪れる姿が目立たないはずがなかった。

結婚直後は用事があって病院内を歩くたびに、刺々しい視線を浴びせられたりしていた。

『どうしてあんなチンチクリンと結婚したのかしら』

『あれほど完璧な人なのに、女の趣味が悪すぎ』

そんな心失い陰口を耳にした事もあるし、わざわざ美優の顔を見るために保育園までやって来る職員もいたくらいだ。

誰もが認めるイケメンである壮一郎は、ただでさえ人々の注目を集めがちだ。今も連れ立って外を歩いていると二人を見比べるような視線を投げかけられる。

けれど、壮一郎が堂々と美優に愛情を注いでくれるおかげで、少なくとも院内の人達はもう夫婦の外見についてとやかく言う事はなくなっていた。

それに伴って、美優も周りの目がだんだんと気にならなくなってきている。

きっとそれは壮一郎に愛されているという自信を持てているからであり、二人が思い合っているという事実に欠片ほどの疑いも持たなくなっているおかげだ。

(これもみんな、壮一郎さんのおかげだな)

世間では、夫婦間の意思の疎通に悩む人達がたくさんいると聞く。けれど、自分達に限っては、今のところそれはない。

壮一郎が注いでくれる愛情はわかりやすく、言葉や態度に表れているから、それがダイレクトに伝わってくる。

結婚一カ月目の約束は今も守られており、夫婦は頻繁にキスを交わし、見つめ合うのが日常化していた。これほど体型が変わってしまった今も、壮一郎は相変わらずスキンシップを求めてくれる。

彼からの愛情を感じて、美優は自然と以前より自分の見た目を気にするようになった。

壮一郎のために、少しでも綺麗になりたい――。

妊娠中につきできる事は限られているが、そう思うだけでも肌の色つやがよくなったような気がする。

（なぁんて、自惚れかな）

千里の道も一歩より。

今がダメでも、綺麗になる努力を続ければ、それなりの結果は出るはずだ。

夜になり、美優がいつも以上に時間をかけてドレッサーの鏡とにらめっこをしていると、壮一郎から今から帰るとのメッセージが届いた。

美優は新しく買ったワンピースに着替えて、出かける準備を整えた。

双方の両親は、いつでも預かると言ってくれているが、子供が生まれたら夫婦だけで出かける時間は取りづらくなるだろう。

友達の中には出産後育児ノイローゼになる寸前までいったと話してくれた人もいるし、実際に子を持つ親になってからの苦労は未知数だ。

『子育てには慣れてるだろうし、余裕でしょ？』

『育児に関してはプロフェッショナルだもんね。赤ちゃんの世話もお手のものよね』

よくそんなふうに言われるが、実際に自分の子供を育てるとなると、そう簡単にはいかない――。

保育と子育ては別物。

子供を持つ同僚保育士は口を揃えてそう言うし、話を聞くと実際にそうなのだろうと納得できる。

彼女達曰く、園児と接するのは預かっている時間帯だけだが、我が子ともなると四六時中面倒を見なければならない。

同じ子供とはいえ、園児から見る保育士は親ではなく他人だ。幼いなりに多少なりとも遠慮や線引きがあったりする場合があるが、我が子は全力で親に甘えたりわがままをぶつけてきたりする。

子育てには終わりがない。保育士とはいえ、自分の子供の事となるとわからない事だらけで、戸惑ってばかりであるらしい。

あとは、周りに協力者がいるかどうか。

配偶者や両親がそばにいても、頼れるとは限らない。二十四時間三百六十五日フルタイムで我が子を育てる環境が、どれほど整っているかどうかが重要であるみたいだ。

『でも、美優先生のとこは旦那様が全面的に協力してくれそうね』

園長にそう言われたし、壮一郎自身子育ては二人でやるものだと言ってくれている。

けれど、彼は相変わらず忙しく、予定は組めても必ずそうできるとは限らない。

今後病院が拡充されて職員の数が大幅に増える予定とはいえ、そうなるまでは今の激務が続くはずだ。

できれば壮一郎にこれ以上負担をかけたくない。せめて、育児休暇中は子育てに専念できる自分が頑張るべきだと考えている。

「ただいま」

美優が洗面台の前で髪の毛を梳かしていると、壮一郎の声が聞こえてきた。

「おかえりなさい！」

美優は急いで髪の毛を束ね、洗面所を出て玄関に急いだ。

「さっきメッセージをくれたばかりなのに、早かったね」

「うん、ちょっと早足で歩いたから」

壮一郎が靴を脱ぎ出迎えた美優の前に立った。レストランの予約時間まで、まだ少し余裕がある。

これなら、ひと休みしてから着替えてもゆとりを持って出かけられそうだ。

壮一郎のあとをついてリビングに入り、ジャケットを脱ぎかけている彼の前まで歩いて立ち止まる。

「何かする事があるの？　それとも、もう着替えを――」

話ながら壮一郎を見る美優の視線が、彼が着ているワイシャツの胸元に釘付けになった。そこには、赤い口紅がべっとりとついている。

「壮一郎さん、それ……」

美優が口紅の汚れを指差すと、壮一郎が自分の胸元を見た。そして、脱いだジャケットをソファの上に放り投げて焦ったような表情を浮かべた。

いつになくあわてた様子の壮一郎は、明らかに動揺している。

まさか、浮気⁉

壮一郎に限ってそんな事があるはずはないが、ドラマなどで浮気を疑われるシーンそのもののシチュエーションに戸惑わずにはいられない。

美優は狼狽えつつも、壮一郎と正面から顔を見合わせた。

「違う。僕は間違っても美優を裏切るような事はしていない。帰ったらすぐに話そうと思っていたんだが、これをつけたのは真子さんなんだ」

「えっ⁉ 姉が、また……？」

壮一郎が頷き、困ったような表情を浮かべる。彼はワイシャツの汚れは承知していたものの、正直に美優に伝えようと思い、あえてそれを着たまま帰宅したのだと話してくれた。

驚きすぎて、すぐには次の言葉が出てこない。

いったい、なぜ真子の口紅がシャツにつくような展開になったのだろうか。

混乱した様子の美優を見て、壮一郎がワイシャツを床に脱ぎ捨てた。そして、美優を連れてソファに腰を下ろす。

「実は、今日健診を終えて美優と別れてすぐに、真子さんがうちの病院の産婦人科の前に来たんだ」

「姉が岩沢総合病院の産婦人科に？　でも、姉が通院してるのは『クリスタルマタニティクリニック』のはずだけど——」

「おそらく、うちの病院に来たのは受診するためじゃないと思う」

「って事は、わざわざ壮一郎さんに会うために？」

仮にそうであっても、壮一郎が院内にいるとは限らない。用事があるならなおさらだが、もし壮一郎に会おうとするなら、事前にアポイントを取ってから行くべきだろう。

「あの様子だと、もしかすると産婦人科に来る事を知ってて待ち構えていた可能性もある」

「つまり、待ち伏せをしてたって事？」

「確信はないけど、おそらくそうだと思う。美優が立ち去ったあと、それを待っていたかのようなタイミングで真子さんが僕のもとに駆け寄ってきたんだ。その時は、もう美優はエスカレーターに乗ってしまったあとだったし、周りにも人がいたから、真子さんを振り切って立ち去るわけにもいかなくてね――」

壮一郎が言うには、真子が彼に駆け寄った時、美優が乗ったエスカレーターのほうを気にする様子を見せていたという。

そして、周りの視線を意識しつつ、いかにも乙に澄ました様子で壮一郎に美優のお腹の子の様子を聞いてきたらしい。

『お腹の子、逆子なんですって？　妹って昔から要領が悪くて、いつも壮一郎さんに申し訳ないって思ってたんですよ』

そう話す時の真子はやけに機嫌がよかったが、壮一郎が逆子は治ったと話した途端、あからさまに嫌な顔をしたようだ。

それから仕事に戻ると言う壮一郎を追いかけ、人がいない廊下を歩いていた時に突然抱きついてきたのだという。そうだとしたら、真子は事前に壮一郎が美優とそこに来ると知っていた事になる。

思い返してみれば、以前真子は勝手に壮一郎のスケジュール表を見て、妹の夫の行動を把握した前科がある。しかし、今回はどうやって？

それはさておき、二度までも壮一郎に突撃して迷惑をかけるなんて、許される事ではない。

「いったい何がしたいんだろう……。うちの姉、そのほかにも何か言ってた？」

美優が訊ねると、壮一郎が困ったような顔で美優を見る。

きっと壮一郎は、妊娠中の妻を気遣って言っていいものかどうかと迷っている。

そして、真子は彼を困惑させるような事を言ったに違いない——。そう確信した美優は、言い渋る壮一郎を促して、姉との会話の詳細を聞かせくれるよう頼み込んだ。

「すごく言いにくいんだが……真子さんは、自分こそが僕と結婚するに相応しい相手だと言ってた。今の夫とは美優の策略で結婚しただけで、今からでも遅くないから自分と再婚しようって」

「なっ……うちの姉が、そんな馬鹿な話をしたの？　意味がわからない……。馬鹿げてるし、言ってる事がめちゃくちゃだし——」

真子の妄言には慣れっこになっているが、これはさすがに許容範囲外だ。

激しく憤る美優を抱き寄せると、壮一郎がそっと唇を合わせてきた。いつもの安心できる場所に身を置いているだけで、気持ちが落ち着いてくる。

その上キスまでされて、一瞬で頭の中が甘い幸せに包まれた。

「美優が怒るのはもっともだ。だけど、あんな行動を取るなんて、普通じゃない。つまり、それをしてしまうほど追い詰められた状況下にあるという事だと思う」

「確かに……」

仲がいいとは言えないし、最近は不可解で不愉快な行動を取ってばかりだ。そんな姉でも、身内である以上気にかかるし心配にもなる。

実家に連絡をしてみたところ、前に美優と鉢合わせた日以来、顔を見せていないらしい。しかし、母親に連絡はあるようで、昨日も少しだけ電話で話をしたようだ。

その流れで、真子に今日美優夫婦が揃って健診に行くのを教えたのは、理恵だった事が判明する。

『聞かれたものだから言ってしまったんだけど、いけなかった？』

「え……ううん、大丈夫だよ」

明るく返事をしたつもりだったが、理恵は美優の様子から、何かしら問題が起こったのだと察知したみたいだ。

『いったい何があったの？』

母親に問い詰められて、美優は今日の一件をざっと説明した。それを聞いた理恵は、深いため息をついたあと、真子にかんしては、このまま放っておくわけにはいかないと言った。

それから数日経った日曜日の午後、休みだった美優は一人で実家に向かっていた。

目的は真子と話し合うためだ。

セッティングしてくれたのは理恵で、真子は美優が来る事は知らされていない。狡猾な真子だ。事前に言えばあれこれと言い訳を考えてくるだろうし、これ以上真子の身勝手な振る舞いに付き合わされるのはごめんだった。

美優が両親と祖父母に相談を持ちかけたところ、皆協力すると言ってくれて今日話し合いの機会を設けてもらった。

特に理恵は自分の育て方のせいで、真子をここまで自分本位な性格にしてしまった事を悔いて、改めて美優に心から詫びてくれた。

そういった意味では、真子ばかり責めるわけにはいかない。

けれど、今は実の姉に対する遠慮や躊躇よりも、愛する夫とお腹の子を守るのが最優先だ。

理恵に聞いた話では、真子は現在勝一と離婚に向けて話を進めている最中であるらしい。理由は勝一の浮気と言葉によるDVだと聞かされているが、これについては夫婦の意見が大幅に食い違っているようだ。

それも含めて、今日は事実関係を明らかにして長年溜まり続けていた滓を一掃したいと思っている。

「こんにちは」

実家に着いて玄関を開けると、土間の真ん中に真子のハイヒールが置かれている。

事前に来るとわかっていても、これから話し合う内容を考えると緊張で胸の奥がギュッと縮こまった。

壮一郎が同席しようかと聞いてくれたが、彼がいると真子が必要以上日猫かぶりしそうだった。それで、いったんは祖父母を交えたもともとの家族で問題解決を図ろうと決めたのだ。

昭は父親として責任を持って今日の場を取り仕切ると言ってくれており、美優としてはそれを信じてこの場に来ていた。

靴を脱いで上に上がり、皆が揃っているはずのリビングに入る。

「美優、いらっしゃい」

真っ先に理恵が声をかけてきて、そのあとに父親と祖父母が続く。

テーブルを挟んで理恵の正面に座っていた真子が、途端に腰を浮かせて不機嫌そうな表情を浮かべた。

「何よ。あんたが来るなんて知らなかったんだけど。わかってたら来なかったわよ」

開口一番、嫌な言い方をされたが、怒りの感情は胎教に悪い。

壮一郎とも事前に話し合い、今日はぜったいに怒らないと決めてここに来ている。

あくまでも冷静に一人の人間として真子と対峙して、二度と自分達夫婦におかしな真似をしないよう釘を刺すつもりだ。

「お姉ちゃん、今日ははっきり言わせてもらうね。もうこれ以上私と壮一郎さんに近づかないで」

「は？　いきなり来て何言ってんの？　なんであんたにそんな事を言われなきゃならないわけ？　いったい、何様のつもりよ！」

いきなりテーブルをバンと叩くと、真子が鬼の形相で声を荒らげた。

「真子、落ち着きなさい。二人とも妊婦なんだから、そう大声を出さずに」

いつになく毅然とした態度で口を挟む昭を、真子がキッと睨みつける。

「っていうか、何なのよ。今日はお父さんが、久しぶりに美味しいものを食べに行こうって言うから来たのに……。もしかして、私をだましたの？　ありえないんだけど！」

立ち上がって帰ろうとする真子を、隣に座る昭がやんわりと押し留めた。

「真子、ちゃんと話し合わないとダメだ。美味しいものを食べに行くのは、そのあとでも遅くないだろう？」

懇願するような父親の顔を見て、真子が渋々ソファに再び腰を下ろした。

「お姉ちゃん、先週の月曜日に壮一郎さんに、私と別れて自分と再婚しようって言ったそうね。到底正気とは思えないし、いったいどういうつもりでそんな馬鹿げた事を言ったのか聞かせてもらえる？」

両親と祖父母には、事前に産婦人科前での出来事について話してある。四人が困り果てたような顔をするのをよそに、真子は美優の言葉を鼻で笑って呆れたような表情を浮かべている。

「どういうつもりって、言葉通りに決まってるじゃない。壮一郎さんほどの優秀な遺伝子を持った人に、あんたはそぐわない。私こそが彼の妻に相応しいの。ただそれだけ。私は事実を言ったまでよ」

何か言おうとする理恵を、昭が首を横に振りながら制した。祖父母は真子を見て、ため息をつきながら顔を見合わせている。

「お姉ちゃん、結婚も再婚も相手の気持ちがあってこそのものでしょ――」

「うるさいわね！　今はともかく、壮一郎さんだってあんたより私のほうがいいに決まってるの！　その代わり、あんたには勝一をあげるわ。もともとあんたが付き合う予定だったんだし、それで文句ないでしょ」

まったく悪びれる様子もなく、真子がそう言ってのけた。

「もうわかってるんでしょ？　私、わざと勝一に近づいて彼をあんたから横取りしたの。勝一ったら、ちょっかいをかけたらすぐに私に靡いちゃうんだもの。今回も同じよ。壮一郎さんは、あんたを捨てて私を取るに決まってる」

「お姉ちゃん、自分が何を言ってるか本当にわかってるの？　それに、妊娠したって言うのも嘘なんでしょ？　壮一郎さんが言ってた。抱きつかれた時に、お腹が柔らかすぎるのに気が付いたんだって。その中に入ってるの、クッションか何かなんでしょう？」

「えっ……真子、そうなの？」

理恵が大きな声を出すと、真子が眉間に縦皺を寄せて舌打ちをした。

「ふん！　どうせ、もうバラすつもりだったし、別にバレたってどうって事ないわよ。

そうよ、妊娠なんて大嘘。このお腹は偽物よ」

真子がゆったりとしたチュニックの裾をたくし上げ、中から丸いクッションを引きずり出して床に放った。祖父母と両親は言葉を失い、ぺちゃんこになった真子のお腹を気が抜けたように眺めている。

「お姉ちゃん、なんで、そんな嘘なんかついたの？」

「あんたが妊活するって聞いたからよ。私よりあとに結婚したくせに、先に妊娠するなんてありえないでしょ」

よもや、そんな理由で家族をだましていたとは、呆れすぎて言葉もない。

「お姉ちゃん、言ってる事が支離滅裂だよ――」

「支離滅裂のどこが悪いの？　そんなの、どうだっていいわよ。とにかく、私は常にあんたより上にいるべき女なの。それなのに、しょぼい勝一を押し付けてイケメンドクターの壮一郎さんと結婚とか……。どこまで私の幸せの邪魔をするのよ！」

「真子、あなたの幸せに美優は関係ないわよ。真子はいったいどうしたいの？　なんでそんなに美優の執着してるのか、おばあちゃんに教えて」

声に反応した真子が、唇をわなわなと震わせて克子を振り返った。

「おばあちゃんは黙ってて！　私の気持ちなんか、ぜんぜん知らないくせに！」

「お姉ちゃん、おばあちゃんに八つ当たりしないで」

美優が克子を庇うと、真子が顔を真っ赤にして激高した。

「美優、何もかもあんたのせいよ！　本当は勝一なんか好きでも何でもなかったし、ただ単に、あんたが玉の輿に乗りそうだったのを邪魔したかっただけ。あんなろくでもない男、もう願い下げだわ。さっさと引き取ってよ！」

「真子、もう黙りなさい！」

昭が声を張ってそう言ったあと、いつの間にか部屋の入口に立っていた勝一が無言で立ち尽くしているのが見えた。

彼は真子を見つめたまま、じっとして動かない。その顔には、絶望したような表情が浮かんでいる。

「何よっ……なんで勝一がここに来たの？　どうして私が悪いみたいな流れになってるのよ？　悪いのは私じゃないわ。ぜんぶ、美優のせいよ！　あんたのせいで、ろくでもない男と結婚する羽目になって浮気されるような事になっちゃったのよ！」

真子はそう言い残すと、両親が止めるのを振り切って立ち上がった。そして、勝一を押しのけるようにして家を出て行ってしまう。

たった二人の姉妹だと思い、今まで何があっても心のどこかで真子を許していた。

けれど、今の美優にとって大切なのは壮一郎であり、二人の間に生まれた新しい命だ。

美優はそばにきて背中をさすってくれる克子を見て、力なく微笑みを浮かべた。

「ありがとう、おばあちゃん。私なら大丈夫だよ」

怒りの感情は人それぞれ——たとえそれが正当なものではないにせよ、自分にしかわからない原因や想いがある。

一人しかいない姉を恨んだりしたくない。だが、いい加減限界が来たみたいだし、今後はもう無理に真子を理解しようとしたり許したりする事はなくなるかもしれなかった。

姿を見せていた勝一が、いつの間にかいなくなっている。昔の彼は、もっとはつらつとした顔をしていた。けれど、今の彼は当時の面影を残しながらも疲れ切った表情が定番になっているようだ。

(お姉ちゃんも、いつか幸せになれるといいな)

そう思いながら、美優は両方の掌で丸く膨らんだお腹を優しく包み込むのだった。

新しい年度を迎えて間もない月曜日の朝、美優は壮一郎とともに自宅の縁側に座って庭を眺めていた。

「蕾がいっぱいだね。あ、ほら見て。もうひとつ咲いてる」

美優は庭に植えられた桜の木を見ながら、ひとつだけ咲いている花を指差した。

庭にはさほど大きくはないものの、しっかりとした枝ぶりの桜の木が植わっている。種類はセイヨウミザクラというその桜は、ソメイヨシノよりも少し遅れて開花し、夏至を迎える頃には枝にいっぱいのサクランボを見る事ができた。

「ああ、本当だ。今年も綺麗に咲きそうだな」

「桜って満開の時が綺麗だけど、蕾がいっぱい膨らんでいる今の時期もいいよね。これから咲くぞ~って感じで、すごくワクワクする」

「ほら、おにぎりもうひとつ食べるか?」

「うん、いただく。それにしても、このおにぎり美味しい~! 見栄えもいいし、病院の食堂で販売したら大人気になりそう」

今食べているおにぎりは、壮一郎が作ってくれたものだ。

大皿に盛られたおにぎりは二口で食べられるほどの大きさで、形は丸くひとつひとつ具が違う。

「特にこの桜エビと枝豆のおにぎりが絶品！　ああ……でも、さっき食べたしらすと大葉入りのおにぎりも捨てがたいなぁ。それに、この梅干しと紫蘇も気になるし。壮一郎さんって手先が器用だとは思ってたけど、料理までできちゃうんだね」

食べかけのシャケときゅうりのおにぎりを口の中に入れて、もぐもぐと咀嚼する。

まだ開花時期ではないけれど、日差しの心地よさもあいまって早々にお花見をしているような気分になった。

「いい天気だし、園の花壇の植え替えをするにはちょうどいい天気かも」

「アマリリスの球根を植えるんだったっけ？」

「そう。土いじりって楽しいのよね。でも、私はもうお腹が大きくなっちゃったから、今年は監督に回らせてもらう事にしたの」

八カ月目を迎える美優のお腹は、七カ月を超えた頃からグッと前にせり出してきて、一日に何度も軽いお腹の張りを感じるようになった。

胎動も次第に大きくなり、急にパンチやキックを食らう事もしばしばだ。

一度などは、壮一郎がお腹にキスをしている時に、びっくりするくらい大きな胎動を感じた。

「まるちゃん、パパのキスが気に入らなかったのかな？　それとも、喜んでくれたのか……どっちだ？」

「きっと喜んでくれたんだと思うよ。だって、こんなに素敵なパパからのキスだもの」

美優がそう言って笑うと、壮一郎がかがんでいた腰を上げて唇にキスをしてくれた。

「二人のレディに好かれるなんて、僕は世界一の幸せ者だな」

つい先日あった健診で、まるちゃんが女の子である事がわかった。

満を持しての性別発表は、両家の両親祖父母を交えた食事会の席で行われ、拍手喝さいを浴びた。

むろん、皆性別がどちらであっても大歓迎だったし、女の子とわかってからは相談しながらベビーグッズや洋服などを用意したりしている。

「ほら、これも美味しいよ。菜の花とたくあん漬けのおにぎり」

「え？　この黄色いの、たくあん漬けだったの？　てっきり炒り卵かと思ってた。ふふっ」

手渡されたおにぎりをひと口食べると、ほろ苦い菜の花の味とたくあん漬けのパリパリとした歯ごたえが絶妙にマッチしていた。

「美味しい～！　これ、今度また作ってくれる？」

「もちろん、美優のためならいくらでも作ってあげるよ」

にっこりと微笑む壮一郎の下唇に、黒ゴマがひと粒くっついている。

美優は教えようとした口を噤み、身を乗り出して彼の唇にキスをした。

「ゴマ、唇についてたよ」

「ありがとう、美優」

お礼のキスを返され、美優は頬を染めながら照れ笑いをした。

頬に触れる壮一郎の右手が、膨らんだお腹を経由して美優の左手の上に重なる。

夫婦は、先月の十五日に結婚一周年を迎えた。

当日は結婚式を挙げたホテルのレストランでランチを食べ、夜は自宅で二人一緒に夕食を作ったりして、ゆったりとした夜を過ごした。

そのあと記念に何枚もの写真を撮り、プリントアウトしてリビングの壁に貼り付けて二人だけの展示会を開いたりして……。

妊娠中なので特別な事はできなかったが、二人きりで祝う記念日は幸せに満ち満ちた一日だった。その時の写真を整理しようとテーブルの上に並べながら、美優はふと真子の顔を思い浮かべた。

「結婚と言えば、うちの姉、正式に離婚したみたい。昨日お母さんから電話があったの」

「そうか……。勝一さんも同意したんだな」

壮一郎の問いかけに、美優は黙って頷いて、ほんの少し眉根を寄せる。

妻の真意を知った勝一は、真子の妊娠が偽装であるのには最初から気づいていたらしい。彼が言うには、夫婦間はもうとっくに冷めており、妊娠するような行為をしなくなってから、かれこれ一年近く経っているとの事だった。

妊娠の件は直接真子から聞かされたわけではなかったし、美優や義両親達から聞いた時も、感じたのはむなしさだけで、否定する気力すら起こらない状態だったようだ。

『もとはと言えば、自分が蒔いた種ですから』

勝一は、そう言って真子から提示されたすべての条件を受け入れ、離婚届に判を押した。

真子はと言えば、夫婦で住んでいた高級マンションに住み続け、婚活に勤しんでいるようだが、理想が高すぎてなかなか思うようにいっていないらしい。

美優は真子とはあれ以来顔を合わせておらず、連絡も取り合っていない。

母親も本人から電話でそう聞いただけのようで、一度真子の自宅を訪ねたが留守だったようだ。

「インフルエンサーとしての仕事はあるみたいだし、きっとそのうちいい人が現れるんじゃないかな」

美優はそうなったらいいと期待を込めて、真子のSNSをスマートフォンに表示させた。姉がアップしたものを、じっくり見るのはこれがはじめてだ――。

キラキラの爪に、丁寧に仕上げられたメイク。専用の動画サイトにアップされている真子は、まるで見知らぬ人のような顔で白い歯を見せて笑っている。

とても綺麗だし、素直にすごいと思う。

けれど、素の真子を知っている美優から見ると、どうしても無理をしているような気がしてならない。静止画像ならまだしも、動画となるとやけにテンションが高く媚びを売っているように見えるし、悪態をつく姿など想像もできないほど優しい笑顔を振りまいている。

「これで、お姉ちゃんは幸せなのかな……」

美優が独り言のようにそう呟くと、壮一郎が美優の肩を抱き寄せてこめかみに唇を寄せた。

「幸せの基準は人それぞれだからな。離婚を機に、自分にとっての本当の幸せを見つけられたらいいな」

「そうだね。……あっ、壮一郎さん、これ見て！」

ワンピースの生地の上からでもわかるほど大きな胎動を感じて、美優は壮一郎の手を取ってギュッと握った。

「おおっ、まるちゃんすごいな！　元気いっぱいだぞ」

夫婦は顔を見合わせながら満面の笑みを浮かべた。

出産予定日まで、あと一カ月半。

美優は握り返してくる壮一郎の手に指を絡めて、彼の肩にそっと頭を預けるのだった。


五月のゴールデンウィークを迎える前日、美優は予定通り産休に入った。

担当していた三歳児は二つ年上の先輩保育士に引き継がれ、来週早々以前「エルフィこども園」に勤務していた保育士が一名職場復帰する事が決まっている。

実質、美優は出産に伴い一年一カ月「エルフィこども園」の仕事から離れるのだ。

（復帰した頃には、みんなグーンと成長してるんだろうな）

身体や顔の変化はもちろん、それまでできなかった事ができるようになったりするだろう。

園児の成長をすぐ近くで見守れなくなるのは寂しいが、保育士の代わりはいても母親はただ一人だ。出産後は、たくさんの愛情を注ぎ全力で我が子を守り育てていきたいと思っている。

「よ～し、できた」

産休に入る前日、美優は少しずつ作り進めていた紙芝居を完成させた。

大きさは縦横合わせて二メートルで、動物がたくさん出てくる昔話をモチーフにしている。

園児が触って楽しめるそれは、いくつもの仕掛けが隠してあった。ギリギリになってしまったから、紙芝居で遊ぶ園児達を見る事はできない。けれど、毎日のように顔を合わせている子供達の笑顔なら、容易に思い浮かべられる。

午後六時になり、美優はその日最初にお迎えにやって来た遥奈の母親と挨拶を交わした。それからすぐに寛太を含む三歳児の保護者が前後して「エルフィこども園」の入口に集結した。

「三歳児の保護者の皆さんが、全員揃うなんてめずらしいですね」

美優は少なからず驚いて保護者達の顔を見た。親達は、それぞれに園児の両肩に手を置き、一列に並んでいる。

「実は、明日から美優先生が産休に入ると聞いて――、せーの！」

遥奈の母親が声をかけると、その場にいた一同が美優に向かってにこやかな微笑みを浮かべた。

「美優先生、成長を見守ってくれてありがとうございました！　元気な赤ちゃんを産んでくださいね！　そして、元気に復帰してください。待ってます！」

園児と保護者の声が入り混じり、美優にはなむけの言葉をかけてくれた。

ところどころ不揃いではあったが、三歳児達が笑顔で声を張り上げている様子を見て、美優の涙腺は一気に崩壊してしまう。

「あ……ありがとう、みんな！　皆さん、どうもありがとうございます！」

遥奈が一歩前に出て、ピンク色のリボンで結んだ手紙の束を手渡してくれた。

「美優先生、赤ちゃん生まれたら遥奈達にも見せてね！　約束だよ」

「うん、約束する！」

それからも、降園していく園児や保護者から声をかけてもらい、最後に園長と同僚保育士達に見送られて「エルフィこども園」をあとにする。

出産予定日まで、あと一カ月と少しだ。

美優は皆に贈られた言葉で胸をいっぱいにしながら、意気揚々と自宅への道を歩いていくのだった。

第五章　ワクワクのファミリーライフ

臨月を迎え、お腹の中のまるちゃんもスイカくらいの大きさになった。

「ちょっと前までパイナップルくらいだったのに、赤ちゃんの成長ってすごいなぁ」

この頃の美優は、来るべき出産の日を控えて経産婦の友達に会ったり、妊娠出産に関する個人のブログを見たりして当日のイメージトレーニングに余念がない。

知識だけは十分すぎるほど仕入れたが、実際に出産するとなると否が応でも緊張が高まってくる。

怖くないと言えば嘘になるし、もう十カ月近くお腹の中にいたと思うと、若干の寂しさもあったりして……。

けれど、予定日が近づいてくると我が子に会えるのが楽しみで仕方がなくなり、自然とお腹に話しかける頻度も高くなっていった。

最後の健診では子宮口が一センチしか開いておらず、結局入院したのは予定日の三日後だ。

たまたま自宅に克子が様子を見に来てくれている時に、破水。急いでタクシーで

「岩沢総合病院」に向かい、そのまま入院の手続きをする事になった。

仕事を終えてすぐに駆けつけてくれた壮一郎は、いつになくソワソワして克子に笑われる始末。

結局その日は出産に至らず、陣痛はあるもののその後二日間にわたって一向に子宮口が開かない状態が続いた。

「美優、辛いよな……。その半分でも引き受けてあげられたらと本気で思うよ」

壮一郎は、僅かな隙間時間を見つけては様子を見に来てくれた。

それが思いのほかありがたくて、美優は改めて壮一郎と夫婦になれた幸せを世界中にいるありとあらゆる神様に感謝したくらいだ。

「お産は子供がいる女性なら誰もが経験する事だけど、本当にたいへんだしお腹の赤ちゃんのママは命がけで子供を世に送り出すのよ」

担当医の言葉を神妙な面持ちで聞いていた壮一郎は、自宅待機の日は丸一日美優に付き添ってそばにいてくれた。

「岩沢総合病院」は硬膜外鎮痛法による無痛分娩も行っている。壮一郎を始め義理の両親や実家家族の勧めもあり、美優は当初の予定通り無痛分娩による出産を決めた。

ただし、同病院が麻酔を投与するのは継続的な陣痛が始まってからであり、無痛とはいえまったく痛みを感じないわけではない。

美優の場合、陣痛はあるものの思うように子宮口が開いてくれなかった。

克子や理恵の知恵を借りるも、効果なし。

そして、その日のオペを終えて駆けつけた壮一郎が、お腹に向かって「まるちゃん、もう出ておいで」と言った直後に、本格的に産気づいた。

皆それには驚いたが、きっと壮一郎の想いが美優とお腹の子の緊張を解いてくれたのだろう。

無事生まれたまるちゃんは、夫婦によって光と名付けられた。

出産に至るまでの時間は長かったものの、産後の体力回復は早く帰宅後は理恵と克子の協力を得ながら子育てに勤しんでいる。

育児に必要な消耗品のまとめ買いなど、義両親も何かと気遣ってくれており、まさに至れり尽くせりといった感じだ。

長かった梅雨が明けて、だんだんと気温が上がりつつある七月の下旬。

美優はリビングの床に敷いたラグの上で、手をグーにしてすやすやと眠っている光を寝ころんで眺めていた。

生後二十八日未満の赤ちゃんを新生児というが、光はまさにその時期に当たる。

身長五十二・八センチ、体重三五二〇グラム。

目は開いているが、三十センチ先がぼんやりと見える程度らしい。

まだ寝るのが上手くない光は、昼夜を問わず寝ぐずりをする。

一日中、母乳を飲んでは寝るを繰り返し、今寝たと思ったらもう目を覚まして一生懸命泣いて何かを主張するのだ。

母乳は出るものの多少量が足りないため、必要に応じてミルクを足す。

出産に関してもそうだったが、双方の両親祖父母は、子育てに関しては夫婦の意思を尊重してくれている。

アドバイスはくれるが、余計な口出しはしない。

既婚の友達から聞かされる苦労話は、自分がどれほど恵まれた環境の中で子育てをしているかわからせてくれた。

(本当に、ありがたいな)

院長夫妻はもともと人柄が素晴らしい上に、柔軟な考え方をする人達だ。

一方、美優の両親は医師である壮一郎を全面的に信頼している様子で、余計な口出しは一切しないと決めているらしい。

以前とは比べ物にならないほど実母との関係は改善されているし、今までは何があってもだんまりを決め込んでいた実父も、かなり頼もしい存在になってくれている。

あとは、真子との関係さえ上手くいけば何も言う事はない――そう思うも、今自分にできる事はないし、何かしようにも育児だけで手いっぱいだ。

「ふぇ……」

特に物音がしたわけでもないが、眠っていた光がふいにピクリと手足を動かしてぐずり出した。

「あらら、もう起きちゃった？」

時計を見ると、眠っていたのは十五分ほどだ。その前は一時間近く泣いて、ほんのしばらくの間だけもぞもぞと機嫌よく動いていた。

この時期の赤ちゃんは、泣くのが唯一の自己表現だと頭ではわかっている。

「エルフィこども園」でも過去生後二カ月になったばかりの赤ちゃんを預かった事があるし、担当ではなかったけれど新生児保育に携わった経験があった。

けれど今、面白いほど我が子の泣き声にあたふたし、子育てにしゃかりきになっている。

ほかの新米ママと比べると、いくぶん慣れているのかもしれない。

けれど、美優にしてみれば余裕など一ミリもないし、光のペースに寄り添おうとするだけで精一杯だ。そんな事を思いながら我が子を見守っていると、光が小さな口を尖らせて、なにやら不満げに顔を歪めた。

「おしっこ出た？　うんちかな？　もしかして、おむつが気持ち悪い？」

美優がおむつの中に手を入れようとした時、タイミングよくうんちが出た。すっきりしたせいか、光は泣き止んで手足をぴょこぴょこと動かしている。

「そうか〜、うんちが出るよって知らせてくれてたのね」

美優は近くに置いたお世話セットを引き寄せて、光のおむつ替えに取りかかった。

「光、可愛いねぇ〜。世界一可愛いよ。ううん、宇宙一だね〜」

生まれたての時はしわしわで真っ赤な顔をして泣いていた。けれど、今はもうだいぶ違う。新生児でありながら光はすでに目鼻立ちがはっきりしており、髪の毛もふさふさしている。

明らかに壮一郎似であり、美優はそれを心から喜んで産婦人科のベッドで日々万歳三唱していたくらいだ。

「パパに似たから、きっと美人さんになるよ〜。まあ、そうでなくても可愛いし、ママ、もう光にメロメロだよ〜」

笑顔で声をかけながら足をそっと持ち上げ、速やかにおむつ替えをする。

園で使うものと同じメーカーのものを使用しているが、おむつは年々進化しており、昔に比べると漏れやかぶれは各段に少なくなった。

けれど、要領が悪くもたついていると、新しいおむつは容赦なく汚されてしまうから、一瞬たりとも気を抜けない。

ひと言に育児といっても、その内容は様々で、子供の数だけ対応の仕方に違いがある。保育のプロフェッショナルになるべく日々精進してきた美優だが、保育士は母乳をあげたりしないし、沐浴（もくよく）はするけれど一緒にお風呂には入らない。経験した事はあっても、母親の立場に立つとすべてが新鮮で、はじめての時のように緊張する。

丸一日我が子にかかりきりになっていると、普段の仕事が育児のほんの一部であるのがよくわかる。保育士の仕事には終わりがあっても、母親としての育児には終わりはなく、連日二十四時間切れ目なしの育児は、過酷といっても差し支えないくらいハードワークだと思う。

（こんなふうに思うのは、私が新米ママで余裕がないせいかな？　それにしても、ママって本当にたいへんなんだなぁ……）

「エルフィこども園」を利用する保護者は、皆「岩沢総合病院」での仕事をしながら子育てを頑張っている。子育てのたいへんさを身をもって知った今、保護者達一人一人に最上級のねぎらいの言葉をかけてあげたいと思う。

おむつを替え終えると、またお腹が空いたのか光がおっぱいを探すようなそぶりをする。

生まれながらにしておっぱいを飲む方法を知っている赤ちゃんは、最低限の生きる術を身につけてこの世に生まれてきた。それを思うと涙が出るほど感動するし、こうしている今も我が子が愛おしくて仕方がない。

「光、ご機嫌だね～。今日もいい子にしてたかな？」

近くで壮一郎の声が聞こえる。

いつの間にか閉じていた目をパチパチと瞬かせると、美優はハッとして起き上がった。肩にかけられていたブランケットがずり落ち、膝の上に落ちる。

「あっ……壮一郎さん、おかえりなさい」

「ただいま。ごめん、起こしちゃったな」

「ううん、私、いつの間にか寝ちゃって……。ブランケット、かけてくれたんだね。ありがとう」

「どういたしまして。かけてすぐに起こしちゃったけどね」

壮一郎はすでに着替えを済ませており、ラグの上に胡坐をかいて光を抱っこしてくれている。

「光も一緒に寝てたんだけど、僕が立てる物音で起きちゃったみたいなんだ」

どうやらつい今しがた泣き始めたようで、目を閉じたまま壮一郎の胸元に頬をすり寄せるようなしぐさをしている。

「おっぱい欲しがってるね」

美優が手を伸ばすと、壮一郎が光をそっと手渡してくれた。

「じゃあ、先にお風呂の用意をしてくるよ」

壮一郎が、せわしなく立ち上がってバスルームに向かっていく。まだおっかなびっくりといった感じだが、彼は新米パパとしてできる限りの事をしようと努力してくれている。

(慣れてない感じが初々しいっていうか、すごく素敵……。なぁんて、私ったら何様？　壮一郎さん、疲れて帰って来てるのに、本当にありがたいなぁ)

「エルフィこども園」の保護者の中には、ほぼ一人で子育てをしているようなものだと嘆く母親が少なくない。忙しさを理由に生まれた当初から育児にノータッチの父親も少なからずいるし、そんな人達は妻に子供が生まれる前と変わらない家事の負担を期待して不満を言う。

そんな子供のような夫がいる事を思えば、壮一郎は子を持つ男親の鏡だ。

もちろん、失敗が多いし自分でやったほうが早いと思う事も多々ある。けれど、一緒に子育てをしてくれる気持ちが嬉しいし、懸命に育児に取り組む壮一郎が愛おしすぎてとてもじゃないけれど余計な手出しなどできるはずもなかった。

光の出産を終えて、美優は自分の母性愛が本格的に目覚めたのをひしひしと感じている。

それと同時に、子育てに勤しむ夫への愛情が倍増した。

慣れない育児に懸命に取り組んでいる壮一郎を見るにつけ、光に対するものとはまた違う母性愛を感じる。

夫としても医師としても完璧だった壮一郎が、バージョンアップして育児を積極的にこなすパパになってくれた。そんな彼が額に汗をしながら光をあやす姿は、美優の心を何度となく鷲掴みにする。

夫の事が好きすぎる……！

美優は結婚二年目にして、改めて壮一郎への想いを募らせていた。

「ああもう、二人とも大好き……！」

美優はソファに腰かけて光に授乳しながら、目尻を下げ口元を綻ばせた。

リビングに戻ってきた壮一郎が、美優のすぐ隣に座った。そして、妻の肩に腕を回し、ゆったりと母子を包み込む。そして、目を閉じておっぱいを飲んでいる光を見てとろけるような微笑みを浮かべた。

「光は本当に可愛いな。まるで天使みたいだ」

壮一郎が呟き、光を見て美優と同じように微笑んで目を細めた。たくさん飲んで満足したのか、光は早くも目を閉じて今にも眠ってしまいそうになっている。

「お風呂、あとにしたほうがいいみたい」

美優が光を見ながら微笑むと、壮一郎がこめかみに頬をすり寄せてきた。

「そうだな。……美優……」

名前を呼ばれ上を向くと、壮一郎が美優の目をじっと見つめてくる。眉尻を下げ、いかにも構ってほしそうな顔をされて、美優は思わずプッと噴き出してしまう。

光が生まれて育児に時間を取られる分、夫婦のスキンシップは格段に減ってしまった。壮一郎はそれを寂しく思っているようで、この頃は今のように控えめなアピールをしてくる。

むろん、あくまでも光が眠っている時限定で、育児の邪魔になるような事はしない。その遠慮がちでありながら熱心に順番を待っている様子は、聞き分けのいい保育園児に似ていなくもなかった。

光のおっぱいを吸う力が弱くなり、それからすぐに小さな寝息を立て始める。

光を見ていた壮一郎の視線が、美優の唇に移った。甘えるようにキスをねだる彼を見て、美優はまたしても母性本能をくすぐられてしまう。

顔を覗き込むようにしてじっと見つめられ、自然と顎が上向く。唇が触れ合う寸前に、にっこりと微笑み合うと、夫婦は愛しい我が子が起きないよう気を付けながら、長いキスを交わすのだった。

出産後の一カ月健診を無事終えた数日後、美優は双方の両親祖父母とともにお宮参りに行った。

行き先は自宅から車で五分の距離にある神社だが、蝉時雨の降り注ぐ時期でもあり外の気温はかなり高い。服装については光の負担にならない事を第一に考え、当日は全員白を基調にした洋装で統一した。

そして、後日写真館で記念撮影をする時には、光の祝い着に合わせて皆和装で写真に収まり、今日それが出来上がってきたのだ。

「光、カメラ目線で笑ってるね」

「ほんとだ。ゼロ歳にしてカメラを意識してるのかな?」

夫婦は、撮った写真をリビングのテーブルの上に並べると、一枚一枚丁寧に眺めては感想を述べ合っていた。すぐ横に置いたベビーベッドの中では、光が新しく買ったベッドメリーに見入っている。

フォトスタジオに依頼して出来上がったアルバムは、さすがプロが撮影しただけあって完璧な仕上がりだ。一方、神社で撮った写真は主に壮一郎と双方の父親がカメラマンを務めており、中には若干ピントがずれているものもあった。

「あ、これって、おじいちゃんが撮ったやつだね。かなりブレてる」

「こっちは全員左に寄ってるな。たぶん、うちの父親が撮ったやつだ」

写真の出来は様々だが、すべてに光に対する愛がこもっている。お宮参りは滞りなく済んだし、光は終始ご機嫌でご祈祷中は壮一郎に抱っこされてすやすやと寝息を立てていた。

時系列に並べられた写真を見ている途中で、美優は小さく「あっ」と声を漏らした。ちょうど今、二人が見ている写真は、写っているものが判別できないくらいブレている。それを写したのは美優の父親であり、ブレの原因はその日突然一行の前に現れた真子だ。

お宮参りの当日、突然神社に真子がやって来て皆を驚かせた。

美優が実家で真子と話し合いの機会を設けて以来、姉妹は一度も会っておらず、およそ四カ月ぶりの再会だった。幸いにも、すでに祈祷は終わっており、院長夫妻は一足先に神社をあとにしていた。

真子のリサーチ能力には毎回驚かされるが、今回お宮参りの日程を真子に漏らしたのは美優の祖父だ。突然祖父母の家にやって来た真子は、猫なで声を出して祖父の警戒を解き、まんまと欲しい情報を聞き出したようだ。

家族なのだから本来隠す必要はない。けれど、突然の訪問や待ち伏せならまだしも、大切な記念日に乱入されて、美優は今度こそ真子とは金輪際関わりを持たないと決心せざるを得なくなってしまっている。

あの日、真子は美優達に合わせたように白いワンピース姿で、当たり前のように近づいてきて「遅れてごめんなさい」と言った。

「真子、どうしてここへ？」

「だって、可愛い姪っ子のお宮参りだもの。参加して当然でしょ」

理恵の問いかけに、真子は笑顔でそう答えた。そして、一行が戸惑っている隙を狙って、あろう事か持っていたお茶のペットボトルを振り回し、理恵に抱っこされていた光に向けて中をぶちまけようとしたのだ。

幸い、壮一郎が咄嗟に真子の前に立ちはだかり、大事には至らなかった。お茶は彼のスーツを濡らしはしたが、さほど量が残っていなかったせいもあって、被害は最小限に留められ、神社にも迷惑をかけずに済んだ。

美優は光を抱く理恵とともに先に車に戻り、安全を確保したのちに再度神社に戻った。

その時はもうすでに真子は祖父母に連れられて神社から立ち去っており、後日美優達夫婦宛に、本人から謝罪の手紙と出産祝いが送られてきたのだ。

正直なところ、真子が本当に反省しているかどうかわからないし、姉にどんな心境の変化があったのか不明だ。

けれど、祖母に聞いたところ、真子はあれからすぐに一人暮らしのマンションから出て、一週間ほど祖父母の家で暮らしていたらしい。その間に、真子は祖母と二人きりで話す時間を取り、胸に溜め込んでいた一切をさらけ出したようだ。

その事が真子の改心のきっかけになったようだが、今後はしばらくの間このまま祖父母宅で心のリハビリを兼ねて同居。そののちに、真子が強く希望している通り、一度東京を離れて一人暮らしを始める予定だと聞かされている。

「うちの姉、祖母に『私だって、おばあちゃんに可愛がってほしかった』って言って、子供みたいに泣いたんだって。私やおばあちゃんに見せつけるみたいに自分を可愛がるお母さんより、本当の意味で可愛がってくれる、おばあちゃんに可愛がられたかった、って」

確かに、母親は美優達の前で、これ見よがしに真子を猫可愛がりしていた。しかし、真子曰く二人きりの時は打って変わって邪険に扱われたり、気分次第でコロコロと対応を変えられたりしていたようだ。

「その事について、高校生の時に母を問い詰めたらしいの。でも、母は当時のやり取りなんかすっかり忘れていたみたいで、謝るどころか逆に怒られたんだって」

その頃には、もう母側の人間として祖父母や美優とは相容れない立ち位置にいた真子は、未成年という事もあり、そのまま母親に追従するしかなかった。

自分でも性格がどんどん悪くなるのはわかっていたし、そのせいで本当の意味での友達が離れていっているのも自覚していた。

一時期は、その性格のせいでいじめにもあっていたようで、真子は真子なりに相当辛い思いをしていたらしい。

その一方で、美優はと言えば祖母の庇護のもとまっすぐに育ち、周りにはたくさんの友達がいる。一見地味でモテなさそうな美優だが、その実明るい笑顔や優しい人柄が男性の視線を無自覚に惹きつけていた、と。

「それは僕も理解できる。美優は自分が思っている以上に魅力的だ。真子さんは、おそらく美優を眩しく思い、引け目を感じていたんじゃないかな」

「姉が、私に？」

「そうだ。一見して華やかでも、中身は真逆の人もいるだろう？　本当の真子さんは、もしかすると未だに成長できずに子供なのかもしれない。思いつきで行動して思うような結果が出ずに不満を爆発させたり、感情を上手くコントロールできなかったりするのは、そのせいなんじゃないかな」

壮一郎の言葉を聞き、美優はこれまでの姉妹や母子の関係を頭の中で総ざらいしてみた。

大人になってわかったのだが、まだ子供だった頃の母親は、はっきり言って病んでいた。今でこそまともになったが、当時の事を思い返すと、どうしようもなく悲しい気持ちになる。

美優には祖母がいて、常に寄り添ってくれていた。けれど、真子にはそんな存在がいないばかりか、頼りにしている母親が到底手本にはならない言動を取り、一貫性のない対応で幼い心を傷つけ続けていたとしたら……。

「お姉ちゃん……」

一方、祖母の克子も自分と理恵の確執が孫の健やかな成長を妨げていると知りつつも何もできなかったと嘆き、謝罪の意味も込めて真子との同居を決めたらしい。

事情を知り、美優は理恵と真子に対する認識を新たにした。

それぞれに憤りは感じるが、大人になり心に余裕ができている今、このまま二人が穏やかな気持ちで暮らしてくれたらいいと思う。そして、それが望めそうな今、過去をほじくり返すつもりはなかった。

「病院に来る人の中にも、いろいろな家庭の事情を抱えている人がいる。事情はそれぞれだし、みんな一見平和そうに見えるけど、大なり小なり悩みを抱えている人は少なくないと思うよ」

「そうだね。『エルフィこども園』に来る保護者もそう。普段は皆さん忙しくてじっくり話せないけど、個人面談で悩みを聞かせてくれたりして――」

話す内容は育児に関するものが多いが、時にはそれが夫婦や親族間の問題に及ぶ事もあった。

普段は子供にばかり目が行ってしまうが、時に保護者が抱えた問題が幼い心に多大な影響を及ぼす事だってある。そういう事例をいくつも見てきたし、ある程度理解しているつもりだった。

しかし、それを自分達家族に置き換える事には考えが及ばず、美優は今の今まで真子が心の奥底に抱えていた辛さを知らないままでいてしまったのだ。

「私、時期を見て姉と話してみる。一度、お互いに子供の頃に戻って、当時の気持ちをわかり合えたらいいなって思う……」

それには辛さが伴うし、真子は受け入れてくれないかもしれない。けれど、もし真子が未だに成長できずにいる子供のままであるなら、何かしら手助けできる事があるかもしれなかった。

「美優のおばあさんとも話し合えたんだから、きっと美優ともそうできるよ」

「うん。とりあえず、祖母に連絡をしてもう少し詳しく話を聞いてみる」

真子には今までさんざんな思いをさせられてきたが、解決策があるならそれを試してみない手はない。

美優は姉妹の関係を心配してくれる壮一郎に感謝しながら、差し出された彼の掌にそっと頬をすり寄せるのだった。


夏が過ぎ、自宅の庭では薄桃色のコスモスが綺麗に咲き始めている。

九月上旬の土曜日、美優はその日「エルフィこども園」の同僚保育士を招いて、おしゃべり会を開いていた。

来てくれた二人は、双方とも子供がおり、美優よりも年齢が上の先輩ママだ。

「日本って、まだまだお母さんが育児をして当たり前っていう風潮があるよね。お迎えに来るのはほとんどお母さんのほうだし、熱が出たりした時に飛んで来るのも、お母さんが多いし」

「確かに。よく熱を出す園児のお母さんは、しょっちゅう仕事を休まなきゃならなくて、正社員からパートにならざるを得なかったりするしね」

「遥奈ちゃんのところは、一度それで大喧嘩になったって佐藤先生が言ってたっけ」

夫婦にとって、出産育児が生活に及ぼす営業は大きい。子供の体調はいつ悪くなるかわからないし、保護者は常にその可能性を考えて仕事に従事している。

その際、駆けつけるのは主に母親で、父親の数は極端に少ないのが現状だ。

それはさておき、保育士としての立場を考えると、これについては何とか解決策を見つけたいところだった。

先輩同僚ママと話した夜、美優は帰宅した壮一郎に、常々考えていた事を話した。

「今後『岩沢総合病院』の拡充と一緒に『エルフィこども園』も規模を大きくするでしょう？ 同時期には難しいかもしれないけど、ゆくゆくは病児保育もできるようにしたらいいなって」

病児保育とは、病気の子供を預かって保育する事を指す。

園によって多少の違いはあるけれど、通常三七・五度以上の発熱がある場合は登園できない決まりになっている。

そんな時、保護者は仕事を休まなければならない。しかし、「エルフィこども園」で病児保育を受け入れられるようになれば、保護者は安心して仕事に専念できるというわけだ。

「利用したいと思う人は、常に一定数いると思うの。もしそれが実現したら、働くママやパパの手助けになるよね？」

「病児保育か……なるほど、確かにニーズはあるだろうな」

「そうでしょう？ それに、『岩沢総合病院』に入通院してる患者さんも利用できるようにすれば、助かる人がもっと増えるんじゃないかな。必要に応じて入院してる子供を一時的に保育したり、利用対象者を地域に住む人達まで広げたりとか――」

「なるほどな」

美優は、壮一郎に促されるままに今まで頭の中に貯めていた考えを彼に話した。

つい興奮して声高になっていたのか、壮一郎の指が美優の唇を、そっと人差し指で押さえてくる。

「おいおい、美優。光がびっくりしてこっちを見てるぞ」

ベビーベッドを振り返ると、光がクリクリとした目で美優を見ている。

その愛らしさといったら……！

今月で三カ月になる光は、もう周りがはっきりと見えており、あやすとニコニコと笑うようになっている。

話しかけると「あー」とか「うー」などの喃語で返事をしてくれるし、前に比べて意思の疎通ができるようになった感じだ。

美優はたちまち目尻を下げてベビーベッドの柵に額を押し付けるようにしてラグの上に座った。そして、柵の間から手を入れ、ふわふわした頬をそっと撫でてにっこりする。

「美優、いったいいつの間にそんな事を考えていたんだ？　今日同僚の先生達と話しただけじゃ、そこまで深く掘り下げられないだろう」

「昼間、光と二人きりでいる時、これまでに聞いた先輩ママさん達の話を思い出したりしてたの。それが取っかかりになって、一度考え始めたら夢が広がっちゃって」

病児保育については、今まで考えた事がないわけではなかった。

けれど、実際に母親になってみて、その必要性を改めて感じて考察するに至ったという感じだ。

「子供って親にとって宝だし、そうであるべきだと思う。両親や家族だけじゃなくて周りの人みんなで子育てをしたら、もっと育児が楽になるでしょう？　単なる理想論かもしれないけど、人手を借りたいと思った時、手を差し伸べてくれる人がいるとわかってるだけでホッとするし」

「確かにそうだな。一度きちんと考えて、理事会に議案として提出してみよう。美優、母親兼保育士の立場として、今後もいろいろと意見を聞かせてもらってもいいかな？」

「もちろんです、岩沢先生」

話すうちに、つい二人が結婚する前のように壮一郎の事を「岩沢先生」と呼んでしまった。

壮一郎が白い歯を見せて微笑み、美優は照れて無言で肩をすくめる。

思えば、美優にとって壮一郎ははじめて会った時から憧れの人だった。

時折病院内で見かける白衣を着た彼を見て頬を染め、人づてに彼の仕事ぶりを聞いては尊敬の念を抱き続けてきた。

そんな自分にとって王子さまのような人と結婚して、子供までもうけたのだ。

そして今、彼の妻として職場の未来について話をしている。

結婚して一年半になるが、美優は時折今のようにしみじみと今の幸せを感じて心身が感動に包まれる事があった。

光は美優に見守られながら、機嫌よくベッドの中でそばに置いてあったガラガラを持って遊んでいる。

「美優、どうかしたのか？」

柵越しにベッドを覗き込んだままでいる美優を見て、壮一郎が背後から肩を抱き寄せてきた。

「ふふっ……ううん、何でもないの。ただ、幸せだなぁって。そう思っただけ」

美優が小さく笑いながらそう言い、ぴょこぴょこと動いている光の手を指先で撫でた。

「ふぅん、そうか」

壮一郎が微笑みながら美優に倣ってベッドの中を覗き込んだ。

すると、それまでメリーを見ていた光が二人のほうを振り返った。そして、もぞもぞと横向きになったかと思うと、コロンと転がるようにうつ伏せになる。

「えっ⁉ そ、壮一郎さん！ 今のっ……！」

「ああ、今のは寝返りだな？ 光、今確かに寝返りをしたよな？」

寝返りを打つ時、光は美優の指をギュッと握り、そこに顔を近づけるようにして身体を反転させた。

そうする時に、美優は光の指を握る力の強さを感じたし、力んだ時に小さな唇が一文字になるのを目の当たりにした。

「光、偉いね！ もう寝返りするのね……」

掴むものがあったから、偶然そうできたのかもしれない。けれど、我が子の成長を目の当たりにして、美優の胸に感動の波が押し寄せた。

言いながら涙が溢れ、頬を伝ってポトポトと膝に落ちた。

妊娠中に引き続き、美優は産後もちょっとした事で涙腺が緩み、涙が出てしまう。

さすがに外出中にそうなると恥ずかしく思うが、壮一郎は幸せの涙ならどんなに流しても構わないと言ってくれている。

「光、すごいな。まだ三カ月になっていないのに、寝返りができたなんて……。かなり早くないか？　あぁ、しまった！　今の瞬間をビデオカメラに撮っておけばよかった――」

悔しがる壮一郎をよそに、光は足をぴょんぴょんと蹴るようにして前に進み、美優の指を口に入れようとしている。

「光、お腹空いたのかな？」

「そうかも。そろそろおっぱいの時間だもんね」

壮一郎がベッドから光をそっと抱き上げ、美優はその間にソファに腰かけて授乳の準備をする。

すると、急に本格的な空腹を感じた様子の光が、フルパワーで泣き始めた。

「うわっ、光。もう少し待ってくれ。今、ママがおっぱいをくれるからな」

光が目を閉じたまま、壮一郎の腕の中でおっぱいを探すしぐさをする。

しかし、いくら日頃から熱心に育児に取り組んでいるとはいえ、さすがにおっぱいだけはどうにもならない。

「はい、おまたせ～」

声をかけると、光を抱っこしていた壮一郎がゆらゆらと腕を揺らしながら美優の隣に腰を下ろした。

外では授乳用スペースに行くし、そんな場所がない時はケープをかけてしっかり見えなくしてからおっぱいをあげる。けれど、家の中で今のように泣かれてしまえば、もう悠長に構えている場合ではない。

美優は授乳の時に光を乗せるクッションを膝の上に置くと、ブラウスの前を開けて乳房を丸出しにした。

妊娠前は普通サイズだった美優の胸は、妊娠中もさほど大きくならないまま出産の日を迎えた。それが、出産して授乳が始まるなりどんどん大きくなり、今では以前の倍以上のサイズになって肩こりを引き起こすほどになっている。

「ごほんっ……」

壮一郎が、美優に光を手渡しながら咳払いをする。

どうやら急に豊かになった妻の胸を目の当たりにすると、未だに照れてしまうようだ。しかし、我が子が一心におっぱいを飲む姿を見られる時期は、そう長くない。

美優にとって授乳タイムは心がホッと和むひと時でもあり、そんな時に愛する夫がそばにいてくれるといっそう気持ちが温かくなる。

「できれば、そばにいてほしいな」

美優がそう言ったのをきっかけに、壮一郎は毎回大いに照れながらも、授乳中の母子を嬉しそうに見守ってくれるようになっている。


その年の暮れに、地域の広報誌に「岩沢総合病院」の特集記事が掲載される事になった。

内容は主に同病院の拡充計画に関するもので、発行は計画完了後になる予定だ。

建物の増設は去年の八月に着工し、来年の夏に完了する。現在は内装工事と並行して施工が行われており、準備が整った部門から随時移動する段取りになっている。

取材に際して、周辺住民も参加しての院内見学ツアーも計画され、つい先日院長の引率のもと実施されたところだ。

ツアーには老若男女が参加し、その中には美優の祖父母と真子の姿も見られた。

祖父母との生活と実家での家事手伝いという地味でありながら落ち着いた生活を送っているせいか、この頃の真子は憑き物が落ちたように穏やかになっているらしい。

姉妹はあれから一度会って話し合い、互いに対する想いをぶちまけ合った。

おかげで今はすっきりとした気分だし、わだかまりが消えたわけではないが、今は関係修復に向けて小休止中といったところだ。

美優はと言えば、相変わらず壮一郎とともに光の育児に追われる毎日を送っている。

生後六カ月になった光は、身長も七十センチ弱になり体重も八キロを超えた。

散歩が好きで、ベビーカーに乗って外に行くと機嫌がいい。おすわりはまだ上手にできないが、つい最近離乳食を始めた。

日々我が子の成長を見守るのは、思いのほか楽しい。そう思えるのも、壮一郎が一緒に育児をしてくれているおかげだ。

病院の拡充に伴い「岩沢総合病院」に勤務する医師を始めとする医療関係者の人数が大幅に増えた。

同時に勤務体系の見直しも行われ、多忙ではあるが皆以前に比べるとかなり時間的に余裕がある生活を送れるようになっている。

もっとも、病院拡充計画の責任者でもある壮一郎は、医師以外の仕事もせねばならない。その一方で、美優も「エルフィこども園」の増設計画に携わっており、育児休暇中ではあるが、光を連れて何度か園を訪れていた。

病院拡充と並行して行われた増設工事は予定通り行われ、つい先日無事完了した。

工事中は園児の安全を守るために一時的に病院の新館一階に移ったが、今はもうもとの場所に戻って保育を再開している。

始まる前は、まだまだ先の話だと思っていたが、振り返って見れば日々何かと忙しくしているうちにいつの間にか完成していた、という感じがしなくもない。

「園庭、広くなりましたね。遊具も増えて、子供達も喜んでいるみたいでよかったです」

新年度を迎えたばかりの平日の午後、美優は光とともに「エルフィこども園」を訪れて、事務室で園長と面談をしていた。

美優は来年六月、光が一歳になるのを待って仕事に復帰する。美優が休んでいる間に、保育士の人数は七名から九名に増えた。今年度は園児の受け入れ人数を段階的に増やしていく事になっており、それに伴って保育士も増員する予定だ。

「新しく入った保育士は、二人とも美優先生より年下よ。一人は新卒の保育士だし、これからは先輩保育士として頑張ってね」

「はい、心機一転、頑張らせていただきます！」

話している間、光は美優に抱っこされながら物めずらしそうに、キョロキョロと辺りを眺めている。

「光ちゃん、ご機嫌さんね。ところで、美優先生。実は来月、さちえ先生が急遽退職する事になっちゃったのよ――」

園長が言うには、現在五、六歳児を担当している保育士のさちえ先生が来月早々辞める事になったようだ。家庭の事情でやむを得ず退職するようで、急に決まったため今のところ新しく保育士を追加する目途も立っていないらしい。

「新しい保育士は二人ともまだ上手く業務支援ツールを使いこなせていないし、新卒の人は、まだいろいろと慣れてなくてビクビクしながら仕事をしてるって感じなのよ」

一人辞めても、定められた指導監督基準で決められた人数は確保できている。

しかし、シフトの関係で少々無理が生じており、早急に補充人員を確保する必要があるようだ。

「それでね、できれば光ちゃんの慣らし保育を始めるのと同じタイミングで、美優先生に復職してもらえないかと思って」

美優の復帰予定は五月の中旬で、復職と同時に光を「エルフィこども園」に入園させてもらう予定だ。

そうするにあたり、一カ月前から慣らし保育も行う予定で、そのつもりで準備も進めていた。

「もちろん、美優先生の都合もあるし、無理にとは言わない。でも、一度旦那様と相談の上で考えてみてもらえないかしら？　せめて光ちゃんが慣らし保育で在園中だけでも復職してくれると助かるんだけど――」

臨時でパートを雇う事も考えたようだが、なかなか条件が合う人が見つからないらしい。

慣らし保育は、はじめは午前中に二時間預けるのからはじまり、徐々に保育時間を増やしていく段取りになっている。

美優はすでに復職に向けて準備を進めており、その一環として卒乳を目指し離乳食を少しずつ増やしていた。

どのみち慣らし保育はする予定だったし、光に関して言えば、まだおっぱいへの執着はあるけれど、離乳食は三食しっかり食べるようになっている。

そう考えると早期復職は不可能ではないが、家族に関わる事ゆえに自分一人では決められない。

「わかりました。では、一度持ち帰らせてください」

美優はいったん返事を保留にして、壮一郎に相談する事にした。

その日の夜に壮一郎に話をして、彼に自分はどうしたいのか訊ねられた。

「光は順調に育ってくれているし、私としては園長の申し出を受けてもいいかなと思ってるの。復職すると、私は持ち上がりで四歳児を担当する事になるけど、何かあればすぐ様子を見に行けるところにいるわけだし」

保育園の中には自分の子供を預けられないところもあるが「エルフィこども園」はそれが可能だ。増設後の園は、年齢によって部屋や棟が分かれており、美優が担当する四歳児と、光が入るゼロ歳児から二歳児の保育ルームは、渡り廊下を挟んで離れた場所にあった。

親子が同じ園にいると、自分やほかの保育士が気を遣ってやりにくい場合があるが、別棟だとその点はクリアできるはずだ。

「私も、もう十カ月以上仕事を休んでいるから、正直ちょっと復帰するのが不安だったりするの。新しく入った保育士や園児もいるし、私自身が慣れるためにも園長の慣らし保育をする間だけでもっていう申し出を受けてみてもいいかなって」

それなら、もともと予定していた慣らし保育の時間に仕事をするだけなので、光に負担をかける事はない。

むしろ、早期復職をしたほうがメリットがあるし、慣らし保育の間も光とさほど遠くない場所にいられる。

「なるほど。そういうふうに考えると、願ってもない申し出かもしれないな。僕は美優の意思を尊重するよ。ただし、無理だけはしないって約束してくれるか？」

「うん、約束する。ありがとう、壮一郎さん」

壮一郎と相談し、園長と話し合った結果、美優は当初予定していた光の慣らし保育をしている時間だけ復職する事にした。

その後、随時保育時間が増えて、これなら本格的に通園できると判断した時点で完全に復帰する。

そうと決まったら、俄然仕事に対するモチベーションがアップしてきた。

「エルフィこども園」は、今後「岩沢総合病院」の拡充に伴いニーズが増え、徐々に規模が大きくなっていくと想定されている。

言わば、今は進化への実質的なスタートを切ったばかりの段階であり、現時点での頑張りはきっと未来に繋がっていく。

美優はにわかにワクワクし始めて、抱っこしている光の額にチュッとキスをする。

「ママ、頑張るからね。光も保育園でお友達をたくさん作ろうね」

現在ゼロ歳児を担当しているのは、田所という園内で一番のベテラン保育士だ。

「私くらい長く保育士をやっていると、保育した園児が成人して自分の子供を預けに来るようになるのよ」

そう豪語する彼女は実際に、そんな経験があるようだ。

美優がそうなるには、最低でもあと十数年は頑張り続けなければならないだろう。

田所は考え方も柔軟で、常に保育に関する新しい知識を仕入れて随時脳内をアップデートする姿勢は、美優も常日頃から見習っている。

そんな人に光を任せられるのは、美優にとって幸運でしかない。

母親になった今、できる事なら彼女のそばにいて保育のノウハウを一から学び直したいくらいだ。


「エルフィこども園」の園庭に遅咲きのチューリップが花開く頃、美優は保育士として段階的な職場復帰を果たした。

その日の朝、美優が園庭に立って登園してくる園児達を待ち構えていると、遥奈が大きく手を振りながら駆け足で近づいてきた。

「美優先生、おはようございます！　ほら見て、私が植えたチューリップ、綺麗に咲いたでしょ?」

　美優が休んでいる間に植えた球根は、まっすぐに伸びて綺麗な花を咲かせている。

　球根を植えた時の様子は園の鍵付きのホームページに掲載されており、美優もそれを見て去年の植え付けの時の事を思い出したりしていた。

「おはよう、遥奈ちゃん。本当だ、綺麗に咲いたね。遥奈ちゃんの花、綺麗なピンク色だったんだね」

　園児がそれぞれに植えた球根は、一度に買ったものをランダムに選んでもらった。

　あとからやって来た寛太が、朝の挨拶のあとで自慢げに自分が植えたチューリップを指差す。およそ一年ぶりに会う園児達は、それぞれに大きくなって顔つきも少し大人びている。

「寛太君、おはよう。寛太君の赤いチューリップ、背が高くてかっこいいね」

　久しぶりに会うからか、寛太はやや恥ずかしそうに頷いてニコニコと笑った。

　あとからやって来る園児や保護者と挨拶を交わしながら、美優は四歳児の保育部屋に行って皆と改めて再会の挨拶を交わした。

　園長や同僚達への挨拶は昨日済ませてあるし、光は登園してすぐに田所に預けた。

　光は先月美優が園長と話した時に、彼女とは少しだけ顔を合わせている。けれど、たった一度見ただけの顔を覚えているはずもない。

美優から離れた途端、顔を歪めて大声で泣き出した光は、母の胸に戻りたい気持ちを精一杯体現して田所の腕の中で身を捩った。

「どこへ行くの？」

「なんで知らない人に抱っこされてるの？」

「イヤだ、ママ、抱っこして！」

光の泣き声が、そう言っているみたいに聞こえる。

「光っ……」

けれど、ここでまた抱っこしたら余計踏ん切りがつかなくなってしまう。

それは母親にも子供にも言える事だし、美優が今ここで行き渋るのは一番してはいけない事だ。預ける事への罪悪感は拭えないし、子供が泣き叫ぶ姿を見るのは我が身を切られるよりも辛い。

しかし、光はこれから母親以外の人達とたくさん出会い、関わっていく事で成長していくのだ。

(ごめんね、光。すぐに迎えにくるから)

美優は光にバイバイをすると、断腸の思いでその場から立ち去った。そして、新しく立てられた別棟に向かって歩き出す。

昨日は復職前の最後の日だからと、美優はいつも以上に光とスキンシップを取り、たくさん話しかけた。

「光、ママは明日からお仕事なの。ちょっと離れるけど、ママはちゃんとお迎えに来るから安心してみんなと遊んだりしててね」

理解できないと思いながらも、光に何度となくそう話しながら抱き寄せて頬をすり寄せた。

もう少し大きくなれば、ある程度の事は理解できるだろうが、まだ一歳になっていない光にとって母親と引き離されるのは生まれてはじめての大事件だ。

「光を産んで、はじめて泣いている我が子を置いて園をあとにする保護者の気持ちがわかった気がする。そういう話は聞いていたけど、実際にそうなってみて腑に落ちたって感じ……」

その日の夜、美優は光を寝かしつけたあとで壮一郎に昼間の様子を話した。

ソファに腰かけ、壮一郎が淹れてくれたハーブティーを飲みながらどちらからともなく身を寄せ合う。

「園児の保護者に限らず、子供を持つ親っていろいろとたいへんだよね。私、もっと
そういう人達に寄り添える保育士になりたいな」
適温に保たれた部屋で飲む温かな飲み物は、淹れた人の心がこもっており美優の心
を芯から和ませてくれた。
「光とバイバイする時、うしろ髪を鷲掴みにされた気分だった。子供が園に慣れない
頃の保護者は、みんなこんな気持ちだったんだなって思ったりして……」
美優は、その時の事を思い出して胸を押さえた。その手の上に、壮一郎がそっと掌
を重ねてくる。
「でも、担当してくれてる先輩保育士の田所さんが『今泣いてるのは自分の感情が出
せている証拠だから、むしろ喜ばしい事なの』って言ってくれて」
「さすがベテラン保育士の言葉は重みがあるね。そうか、光はやっぱり賢い子だな。
将来有望だし、きっと大物になるぞ——」
壮一郎が親ばかを炸裂させている隣で、美優はクスクスと笑い出した。親の希望を
子供の負担にしてはいけないが、軽く夢を語るくらいは許されるだろう。
「私もかなり前向きなほうだけど、壮一郎さんには負けるかも」
「そうか？　僕は美優には勝てないと思ってるけどな。それに、美優の自由な発想に

はいつも助けられてる。柔軟で進化を恐れないところは、僕が好きな美優のいいところのひとつだ」

「壮一郎さんったら、本当に褒め上手だね」

美優は照れながらも、壮一郎の言葉を心から嬉しく思った。彼は、優しくおおらかで、人一倍懐が大きい。今美優が自由に考える事ができているのは、間違いなく壮一郎が生涯のパートナーになってくれたおかげだ。

「光、今日は一時間だけ預かってもらったんだろう？　お迎えの時はどうだった？」

「私に気づく前は、先生とお友達と一緒に手遊びをしてたの。でも、目が合った途端に大泣きされちゃった。こう、両手を目一杯前に出して、抱っこしてって……」

その時の光の様子を真似て話しているうちに、思わず涙が零れた。

壮一郎が繋いでいた手を離し、ソファに腰かけたまま美優の膝裏と背中を腕に抱え上げた。

「きゃっ……！　そ、壮一郎さん――」

あっという間に彼の膝の上に横向きに座らされる。思えば、こんなふうに抱っこされるのはかなり久しぶりだ。

「今、抱っこしてって言っただろう？　光は美優と僕が。美優は僕が専任で抱っこしてあげるからね」

唇に軽くキスをされ、一瞬で背骨がぐにゃぐにゃになった。

美優が壮一郎の肩に頭を載せると、図らずもキスをねだるような体勢になってしまう。

「美優も辛かったな。園では泣くのを我慢してたんだろう？　今、泣きたかったら思う存分泣いていいよ。美優には僕がいる。これからも、辛かった事や悩みはぜんぶ夫婦で共有していこう。いいね？」

優しく問いかけられ、今度は喜びの涙に変わった。小刻みなキスに酔っているうちに、胸のドキドキが止まらなくなる。

「光、最近はだいぶ長く寝るようになってるよな。今夜は慣らし保育一日目だったし、朝までぐっすりかな？」

「た、たぶん、そうだと思う」

慣らし保育のあと、美優は光と連れていったん帰宅した。そのあとはたくさん抱っこをして、目を見ながら話しかけたりしていた。お昼を食べたあとはベビーカーで買い物に出かけたが、慣らし保育で興奮したのか、光はその間もほとんど寝ないまま起きていたのだ。

「じゃあ、今夜はもう少しここで夫婦の時間を楽しもうか？」

現在、夫婦のベッドの横には、光のベビーベッドが置かれている。

ソファのすぐ横に置いてあるベビーモニターの画面を見ると、光はぐっすり寝入っている様子だ。

妊娠してから一年七カ月、出産を終えて一年近くになるが、夫婦は毎日同じベッドに入り、どこかしら相手の身体に触れながら眠る。

子供は何人でも欲しいという思いは変わらないが、二人は光を妊娠してからというもの、そこまで深いスキンシップをしないまま今に至っていた。それは、お腹の子と母体の事を考えたからであり、言うまでもなく夫婦の絆は以前にも増して強くなっている。

「うん、そうしよう」

美優が同意して二人の唇が触れ合った時、ベビーモニターから光の泣き声が聞こえてきた。

夫婦は閉じかけていた目蓋を上げると、同時にプッと噴き出して顔を見合わせる。

大事な愛娘が泣いているのは、おむつが濡れたせいか、それとも怖い夢でも見たのか……。

いずれにせよ、こうしてはいられない。

二人はソファから立ち上がると、手を繋ぎながらそそくさと寝室に向かうのだった。

慣らし保育二日目の光は、登園時に田所保育士の顔を見るなり大泣きをした。

美優は心を痛めながらも別棟に向かい、新卒の保育士とともに四歳児と園庭で鬼ごっこをして遊んだ。

なるほど、まだ慣れていないのもあって、新卒保育士は園児に対する接し方がかなりぎこちない。園長によると、面接の時はそうでもなかったし、真面目さを重視しての採用だったようだが……。

そうこうしているうちに二時間が過ぎ、光を迎えに行く時間になった。

「え～、美優先生、もう帰っちゃうの？」

今度は遥奈達に苦渋のバイバイをして、光のもとに急いだ。すると、ちょうどぐずっていたようで、泣きながら田所保育士に抱っこされているところだった。

三日目、四日目と一時間ずつ保育時間を増やしていく間も、登園時とお迎えの時は必ず大泣きをされる。

それでも、田所保育士によるとだんだんと自分からおもちゃで遊ぶようになり、友達の存在も意識し始めたみたいだ。

美優も毎日心折れそうになりながら光を連れて通園を続け、日曜日を挟んで一度リセットされてしまったものの、十日目の午前中保育の時にはじめて泣かないでお迎えを待っている光を見た。

「ただいま、光～！」

田所保育士の腕から光を受け取り、目を合わせてにっこりする。同じように笑う光は、この上なく可愛い。

「今日は、お友達と一緒に前に美優先生が作ってくれた紙芝居を見たのよ」

「私の紙芝居を？　うわぁ、なんだか照れちゃうな」

泣いていない光に驚きつつも、帰宅してたくさんスキンシップを取りながら絵本を読んだり手遊びをしたりして遊んだ。

そして、いよいよお昼を挟んで二時までのお試し保育が始まり、十四日目にして登園時に笑顔でバイバイができるようになった！

その間に、久しくなかった夜泣きが復活したり寝ぐずりもあったりしたが、だんだんと保育園に通うのが日常になってきたみたいだ。

六月に入り、光が一歳の誕生日を迎えた。

当日は光が好きなイチゴがいっぱい乗ったバースデーケーキを買い、親子水入らずで愛娘の健康と幸せを祈りながらろうそくの火を消した。

そして、その週の日曜日である今日、自宅に両親と祖父母を招待し、「一升餅」と「選び取り」の儀式をしてとても盛り上がった。あいにく義姉の真子は最近になって始めたアルバイトがあって来られなかったが、光に手書きのバースデーカードと可愛いクマのぬいぐるみをプレゼントしてくれた。

光は今、身長が七十五センチあり、体重は十キロ弱だ。少し前からよちよち歩きができるようになっており、上下の歯も四本ずつ生えた。保育園通いもだいぶ慣れてきており、ほかの保育士やお友達の顔もきちんと認識している様子だ。

少し人見知りもするようになったが、たまにやって来る祖父母や曽祖父母の顔はしっかりと覚えており、来ると機嫌よく遊んでくれる。

(みんな喜んでくれてよかったな)

ついさっき皆を車で送り終えた壮一郎は、自宅に向かいながら一日を振り返った。

あわただしくはあったが、たくさんの人に祝われてとても充実した時間を送れたと思う。

(それにしても、あれほどあるグッズの中からキラキラマイクを選ぶとは……)

「選び取り」の儀式では、本や絵筆、ボールや財布などのほか、聴診器やピアノのおもちゃなども用意して床に置いた。

全員がかたずを飲んで見守る中、光が選んだのは美優が先日買って来たキラキラとしたおもちゃのマイクだった。

(もしかして、光の将来は令和の歌姫か?)

そうだとしたら、いったい何歳から芸能界入りするのだろう?

きっかけはスカウトか、もしくはオーディションか……。

壮一郎は難しい顔をして真剣に悩み始める。

(音楽業界には何人か知り合いはいるが、相当厳しい世界だしな。大事な娘が生きるには過酷すぎやしないか？　しかし、本人が望むなら親としては応援するしかないだろうな……。待てよ、マイクならアナウンサーかもしれないぞ——)

あれこれと考えながら自宅に着き、駐車場に車を停めて家の中に入る。

時刻は午後六時。

かなり大賑わいだったから、もしかすると光は疲れて眠っているかもしれない。

そう思って静かにドアを開閉し、なるべく足音を立てないように廊下を歩きリビングに入った。

すると、煌々と灯りが点いたリビングのラグの上で、美優と光が寄り添ったまま眠っていた。おそらく片付けを終えて力尽きたのだろう。

その平和な風景を眺めながら、壮一郎はソファの端に置いてあったブランケットを取って、二人の上にそっと着せかけた。

(まるで聖母子画みたいだな)

自然と目尻が下がり、自分でも笑えるほど頬が緩んでくる。ふと思い立ってジャケットの内ポケットからスマートフォンを取り出し、眠っている妻と子を何枚かカメラに収めた。

「あぶ……」

カメラのシャッター音がうるさかったのか、美優の腕の中で眠っていた光がぱっちりと目を覚まし、壮一郎に向かって手を差し伸べてきた。

壮一郎はあわててスマートフォンを置いて、美優を起こさないよう気を付けながら光をそっと抱き上げた。

壮一郎が抱っこすると、光はいつも嬉しそうな顔で辺りをキョロキョロと見回す。

そして、母親の腕の中からでは届かない位置にある家具や置物に手を伸ばし、それを掌でペチペチと叩いて喜ぶのだ。

「光は高いところにあるものが好きなのかな？　だとしたら、あのマイクは歌姫じゃなくてパイロットのヘッドセットに着いたマイクの可能性もあるな。光、パパは光がどんな道を選ぼうと、全力で応援するからな」

「ぶぶぶ～」

光が抱っこする腕から身を乗り出し、テーブルの上に置いてあるベビーマグを取ろうとする。壮一郎は、しっかりと光を抱いたまま腰を落とし、テーブルの横に腰を下ろした。

けれど、光はベビーマグには目もくれず、壮一郎の腕をぴょこぴょこと足で蹴り、寝ている母親のほうにダイブしようとする。

「おっと……光、そんなに暴れると落っこちるぞ。もしかして、ママのおっぱいが恋しくなったのかな？」

光は保育園に通い始めてからもおっぱいを欲しがったが、慣らし保育が終わる頃には無事卒乳していた。

けれど、美優が抱っこすると今でもおっぱいを欲しがるようなしぐさをする事があるのだ。

「うぶぶ～！」

光が不満そうな顔で、いっそう強く腕を蹴ってくる。どうやらママのほうに行かせてくれないパパに憤っている様子だ。

よちよち歩きをするようになって以来、光は父親を使っての足腰の鍛錬に余念がない。壮一郎は立てていた膝を伸ばし、光と向かい合わせになって脇をしっかりと支えた。そのまま太ももの上で小さく高い高いをすると、それが気に入った様子の光が機嫌よく壮一郎の太ももをの上でぴょんぴょんとジャンプする。

「いい子だな、光。でも、もう少し声のボリュームを下げてくれるかな？　ママは疲れているみたいだから、もう少し寝かせてあげようね。ママはねんね、だからしーっ、だよ」

「しー、しー」

「そうだよ、しーっだ」

保育園で教えてもらった真似っ子遊びは、光の大好きな遊びのひとつだ。

愛娘の機嫌がよくなったところで、壮一郎はジャンプをさせる手を止めて光の顔を正面から見つめた。

「それと、さっきの話だけど、光はもうママのおっぱいはバイバイしたよな？　だから、今度はパパの番だ。保育園でも順番は守りましょうって教えてもらっただろう？　ところで光、弟か妹が欲しくないか？　パパはものすごく欲しいんだけど」

「わう～！」

機嫌よく跳ねていた光が、いきなり方向転換をして美優のほうにダイブした。驚いて咄嗟に身体を横倒しにして光を受け止め、そのままラグの上に仰向けになって倒れ込んだ。

「危なかったな、光～……ん？」

ふと右側を見ると、横向きになって寝ころんでいる愛妻の顔がすぐそばに来ていた。てっきり寝ているものだと思っていた美優が、目をパチクリさせて壮一郎を見ている。

その顔が、やけに赤い。どうやら、光との会話を聞かれてしまったみたいだ——。

「もしかして、今のぜんぶ聞いてた？」

「……うん。聞いてた」

壮一郎の胸の上で光が「きゃっ」と、はしゃいだ声を上げる。その楽しそうな様子に、夫婦は同時に白い歯を見せて笑い出した。

光の賛同を得られたなら、何も問題はない。

愛娘が父母の間を行ったり来たりして遊ぶのを見守りながら、夫婦は今後の家族計画についてじっくりと話し合う約束をするのだった。

第六章　キラキラの未来計画

春に植え付けた庭のひまわりが、大輪の花を咲かせた夏の日。

「岩沢総合病院」は、すべての工事を終えて各部門の移転も完了した。

病院の病床数は二倍に増え、職員も増員して新たに再スタートを切った感じだ。

「う～ん、いい天気だ～」

病院が完全リニューアルした週末の日曜日の午後、美優は自宅の縁側に腰かけて、一人庭を眺めていた。

壮一郎は二階で持ち帰りの仕事を片付けているし、光は遊びに来てくれた祖父母に連れられてすぐ近くの公園を散歩中だ。

（光は散歩が大好きだもんね。おばあちゃんもおじいちゃんも、嬉しそうだったな）

光のお宮参りの一件があったのち、祖父母は真子と同居を続けていた。けれど、つい先日真子は思いがけない良縁に恵まれ、夫になった人の実家がある四国地方に越していった。

出会いは去年の十二月に行われた「岩沢総合病院」の見学ツアーで、相手の男性は病院側の案内役を務めていた事務局の男性だ。

壮一郎曰く、元ラガーマンだったというその人は勤勉かつおおらかで頼りがいのある人物であるらしい。

優秀な人材だったが、残念ながら実家の家業を継ぐためにやむなく退職する事が決まった。

それを機に兼ねてから付き合いを続けていた真子にプロポーズをして、受け入れてもらったという流れだったようだ。

引っ越しに際して、真子とはメッセージのやり取りはした。姉とは結局お宮参りのあとに一度顔を合わせただけになってしまったが、その時に言いたい事はお互いに言い尽くした。

姉妹だからこそ遠慮のない言葉をぶつけ合い、少々気まずくなりはしたが、そのうち真子と新しい関係を築けるのではと期待していたのだが……。

（いずれ引っ越すとは聞いていたけど、まさかこんなに早くそうするとは思わなかったな……。お姉ちゃんとは、いろいろありすぎたけど、いつか笑って会える時が来るよね？）

ぼんやりとそんな事を考えながら、美優は膝の上に広げていた区の広報誌をめくり、掲載されている写真を眺めた。

つい先日発行されたそれは、一昨日美優のもとに届けられたものだ。

中には壮一郎を含む数名の医師やその他医療従事者のインタビュー記事も載っており、「岩沢総合病院」の医師としての今後や地域医療についての、それぞれの思いが綴られていた。

（みんな、すごいよね。私も負けていられないな）

医療従事者という職業を選んだからには、常に新しい知識を得る努力は欠かせない。それぞれに掲げる目標があるなら、達成に向けて邁進（まいしん）する。ただし、大きな事を成すには、まずしっかりした志がなければならない。

美優の周りには、高い志を持っている人が何人もいる。日々、仕事や育児に忙しくしながらも、美優はそんな人達から事あるごとに刺激を受けていた。

（私も、もっと頑張りたい。もっといろいろと挑戦したり、新しい知識を得て誰かの役に立ったりしたい）

そんな思いに突き動かされて、最近の美優は仕事と育児の合間に自分一人でブレインストーミングしてみている。

思いつくままに、あれこれと思考を巡らせて興奮したり、行き詰まったり。

いくつかの選択肢に辿り着き、さらに頭の中を精査して導き出した答えのひとつが以前夫婦で話した事もある病児保育だ。

保育園に子供を預けていても、熱が出たり病気になったりすると登園できない。当然仕事を休まねばならず、保護者はあわてふためく。一日で治るとは限らないし、長引けば当然仕事にも支障をきたしてしまう。

「エルフィこども園」で病児保育の対応ができるようになれば、保護者の負担はかなり軽減される。施設もかなり広くなったし、保育士の補充をすれば、さほど時間をかけなくても実施は可能だろう。

それとは別に考え付いたのが「岩沢総合病院」の小児科に入院中の就学前の子供達とその家族に関するケアについてだ。

現在「岩沢総合病院」には入院中の子供専用のプレイスペースあり、中には絵本やちょっとしたおもちゃが置かれている。保護者はそこで子供に絵本を読んだりともに遊んだりしているが、多くの子供がベッド生活を余儀なくされているため、利用率は決して高くない。

病児のケアは日々小児科に勤務する看護師が行っており、クリスマス会などの各種イベントも開催されている。しかし、それも参加するだけの元気がある子供のみに限られており、企画する側もいろいろとジレンマを抱えている様子だ。

美優が普段関わっているのは病院関係者とその子供で、病院の業務には直接関わっていない。

一保育士である自分には、限界がある。しかし、壮一郎ならできる事はもっとたくさんあるし、彼は常日頃から夫婦間で話をする事の大切さを説いている人だ。

「美優、ここにいたんだな」

仕事を終えた様子の壮一郎が、そばに来て隣に腰を下ろした。

「広報誌を見てたのか。うちの病院の特集記事、結構読み応えがあるだろう？」

「うん、とっても。これを読んだら、病院で働いている人が日々どんな思いで仕事をしているか、よくわかる。頼もしいなって思うし、頼れる病院だなって感じ。それはそうと、壮一郎さん。小児科に入院してる患者さんって、今どのくらいいるの？」

「三十人前後かな」

美優は以前から入院している子供の患者やその家族達の事が気になっており、それぞれがどんな状況下にあるのか知りたいと思っていた。

壮一郎に聞いたところ、血液や神経の疾患などで長期入院している子供も多数おり、中には生活の場がベッドのみという場合も少なくないという。

「そっか……。本人も辛いけど、家族も辛いね」

「そうだな。毎日付き添っている親御さんもいるし、見舞いに来る兄弟もいるしね。うちの患者さんは周辺地域に住んでいる人がほとんどだけど、それでも毎日病院に通うのは身体的にも精神的にもかなりたいへんだと思うよ」

辛い治療に耐えなければならない患者はもとより、付き添う家族にもあらゆる面で相当な負担がかかっている。

院内には患者やその家族のメンタルケアをする医療ソーシャルワーカーがいるが、彼らは主に社会福祉の立場からサポートしているようだ。

「私、もし必要があれば、保育士として病院に入院してる子供達やその家族にも関われたらって思ったりしてるの。もちろん、一保育士である私が言うような事じゃないのはわかってるし、今の私じゃ力不足なのも承知してる」

病院経営者でもないのに、何を偉そうに――。

ほかの人が聞いたら、そう思うかもしれない。けれど、壮一郎は美優の話にしっかりと耳を傾けてくれている。

「看護師さんやソーシャルワーカーさんってそれぞれに忙しいでしょう？　それを保育士という立場からサポートできる部分があるなら……。もちろん、仮に実現するにしてもすぐには無理だし、だけど、もし実現したら素敵なんじゃないかなって」

病気と闘っている子供達の毎日を、少しでも楽しいものにしたい。

それを支える家族の心に、多少なりともゆとりをもたらす事ができたなら、心の重りは多少なりとも軽くなるのではないだろうか。

「僕も常々患者だけでなく、その家族のケアもできたらと思っていた。だけど、病院の規模の問題や忙しさもあって、まったく着手できてなかった。病児保育の件と合わせて、本格的に考えてみるいい機会なのかもしれないな」

「ほんとに？」

「ああ、まずは病児保育の件が先になると思うが、実現する価値があるし、何せ『岩沢総合病院』は、頼れる地域医療の柱としての役割を担っているからね。それにしても、美優は育児をしながらいろいろと考えてくれているんだな」

壮一郎が、美優の頭のてっぺんに唇を寄せてる。彼の温かな呼気を感じて、美優は心からゆったりとした気分になった。

「美優はもう僕だけじゃなく『岩沢総合病院』や『エルフィこども園』になくてはならない人だ。美優は僕の最高にして自慢の妻だよ。ゆくゆくは病院長の妻として、もっともっと活躍してもらう事になりそうだな」

「わわっ……ちょっと、壮一郎さん！」

ふいに立ち上がった壮一郎が、美優を横抱きにしてソファから立ち上がった。そして、大股で部屋を横切り、二階に向かって階段を上り始める。

「そ……ん、んっ……」

階段を上り切ると同時に、唇にキスをされた。久々のお姫様抱っこと熱烈なキスに、美優は呆けたようになって壮一郎の腕の中で脱力する。

「光達が帰って来るまでに、もう少し時間があるだろう？　これはまさに、隙間時間だ。せっかくだから夫婦で有効活用しないか？」

確かに、第二子に関しては常々夫婦で話し合いをしている。その時に、まとまった時間を取れなくても、隙間時間さえあれば子作りは可能だと話していたのだ。

「はい」

美優は素直に頷き、壮一郎の肩に腕を回した。

遅くとも三十分後。

早ければ今すぐにでも「ただいま」の声が聞こえてくるだろう。

そうであれば、善は急げだ。

美優は壮一郎の腕の中で、まるで駆け足をするように足をジタバタさせた。そして、逸る気持ちを夫婦で分かち合いながら、寝室に駆け込むと、ベッドの上に二人して倒れ込むのだった。


光が二歳になって三カ月が経った頃、美優は第二子を妊娠した。

出産予定日は来年の六月で、同じ月に光も三歳の誕生日を迎える。

妊活を始めたのはもっと前だったたし、思ったより少しできるのが遅かったが、今となってはちょうどいいタイミングだったのかもしれない。

光は今も「エルフィこども園」に通っており、友達もたくさんできて毎日とても楽しそうだ。身長はすでに一メートル近くあり、言葉もだいぶ増えて、いくつかの単語を繋げて話せるようになっている。

「光がパパ似でよかった～。ママに似たら、こけし顔になっちゃうもんね～」

美優はひと口大のおにぎりを頬張る光を見ながら、頬を緩めた。

日曜日の午後、美優達一家は縁側でピクニック遊びをしている。

本当は近くの公園に行く予定だったのだが、突然の雨で急遽場所を自宅の縁側に変更したのだ。

「こけし顔、可愛くていいじゃないか。パパはこけし顔が大好きだな。光もそうだろ壮一郎が光に訊ねると、愛娘が頷いてにっこりする。その顔が幼い時の写真で見た壮一郎にそっくりで、美優はいっそう目を細くしてニコニコと笑った。

「光ったら歌も上手いし、もしかして本当に令和の歌姫になっちゃうかも」

「選び取り」の儀式で選んだキラキラのマイクは、今も光のおもちゃ箱の中に入っている。

「でも、この頃はお人形でお医者さんごっこをするのがマイブームなんだろう？　もしかすると世界を股にかける優秀な女性医師になるかもしれないぞ」

「世界を股にかけるのは、壮一郎さんでしょう？」

壮一郎は少し前に他院の依頼で、腫瘍が摘出しづらい位置にある極めて難易度の高いオペを行い、見事成功させた。そして、つい先日どこからか噂を聞きつけた海外の病院から難しい脳腫瘍患者の手術依頼が来たのだ。

夫婦でその話をしていると、光が急に不安そうな顔をして壮一郎の腕を掌でギュッと握った。

「パパ、ひかる、バイバイ？」

たぶん、聞き取った単語を繋げたところ、パパが自分を置いてどこかに行ってしまうと思ったのだろう。

「バイバイ、イヤ」

泣きそうな顔をする光を抱き上げて膝の上に乗せると、壮一郎がきっぱりと首を横に振った。

「パパは光とバイバイしないよ。もちろん、ママともずっと一緒だ」

「いっしょ」

「そうだ、みんな、ずーっと一緒だ」

言葉の意味を理解した様子の光が、ぱあっと顔を輝かせた。美優が思わず光に頬ずりをすると、その肩を壮一郎がそっと抱き寄せてくる。

「お腹の子、また呼び名を考えなきゃな」

「そうだね。今度は何がいいかな。ね、光」

母親のお腹に新しい命が宿ったのを理解している光が、夫婦の真似をして考え込むようなしぐさをする。

その姿が、実に愛らしい。

美優は、まだほんの少し膨らんでいるだけのお腹をさすり、今の幸せな家族の風景を心に刻んだ。

夫婦ともども、仕事に対する意欲は高まる一方だし、やりたい事や、やるべき事がたくさんある。けれど、夫婦が一番大切にしているのは家族だ。

幸せで温かな家族があってこそ、仕事を頑張れる。そして、来年にはまた新しい家族が増えるのだ。

「ママ、パパ、あいちてる?」

両親がいつも「愛してる」と言い合っているのを覚えたのか、光が顔を上げて二人にそう訊ねてきた。

「もちろん、愛してるよ」

夫婦は同時にそう答えると、光の頬にキスをした。

何があっても、それだけは変わらない。

美優は壮一郎と見つめ合い、微笑みながら、そっと唇を寄せ合うのだった。

あとがき

本作をお手に取ってくださった読者さま。ここまで読んでくださり、ありがとうございました。有允（ゆういん）ひろみです。

保育士と医師のお話を楽しんでいただけましたでしょうか？

ヒロインの美優は母親からの愛情を受けずに育ちましたが、その代わりに優しい祖母に大事にされて大きくなったおばあちゃん子です。

大きくなるにしたがって子供の頃の記憶は、どんどん薄れてしまいますね。けれど、心に深く刻まれた言葉や出来事は容易には消えません。嬉しかった事や哀しかった事。楽しかった事や嫌だった事は、いつまでも記憶の中に残り続け、事あるごとにふと昔の記憶が蘇ったりします。

美優はそれらをぜんぶ理解して飲み込んだ上で、今を生きる強い女性です。

外見はそう見えなくても、芯がしっかりしていて決してくじけない。

ヒーローの壮一郎は美優に一目惚れしたのちに、彼女の内面を知って二度惚れ。妊娠出産後は、自分をも包み込むほど広く深い母性愛を感じて、ますます妻への愛を深めていった事でしょう。

人と人との関係は、脆いものです。

それを繋ぎ止めるのは、相手に対する思いの深さであり、真心だと思います。

本作を世に出すにあたり、関わってくださったすべての方に心からのお礼を申し上げます。

また次作でお会いできるのを楽しみにしております。

ファンレターの宛先

マーマレード文庫をお買い上げいただきありがとうございます。
この作品を読んでのご意見・ご感想をお聞かせください。

宛先　〒100-0004　東京都千代田区大手町1-5-1 大手町ファーストスクエア
イーストタワー19階
株式会社ハーパーコリンズ・ジャパン　マーマレード文庫編集部
有允ひろみ先生

マーマレード文庫特製壁紙プレゼント!

読者アンケートにお答えいただいた方全員に、表紙イラストの
特製PC用・スマートフォン用壁紙をプレゼントします。

詳細はマーマレード文庫サイトをご覧ください!!

公式サイト

@marmaladebunko

マーマレード文庫

クールな脳外科医の溺愛は、懐妊してからなおさら甘くて止まりません

2023年10月15日　第1刷発行　定価はカバーに表示してあります

著者　有允ひろみ　©HIROMI YUUIN 2023
編集　株式会社エースクリエイター
発行人　鈴木幸辰
発行所　株式会社ハーパーコリンズ・ジャパン
東京都千代田区大手町1-5-1
電話　03-6269-2883（営業）
0570-008091（読者サービス係）
印刷・製本　中央精版印刷株式会社

ISBN-978-4-596-52768-4

m a r m a l a d e b u n k o